La banquise
en chacun de nous

Du même auteur

La Surface de réparation, Flammarion, 2015 ; *Monsieur Je-sais-tout*, J'ai lu, 2018.
La meilleure chose qui puisse arriver à un homme c'est de se perdre, Flammarion, 2017 ; J'ai lu, 2021.
S'inventer une île, Flammarion, 2019.

Alain Gillot

La banquise en chacun de nous

roman

Flammarion

ISBN : 978-2-0802-4322-5

« Banquise déchiquetée, monstrueuses excroissances poussées des profondeurs par les vents et les courants. Affrontements venus des océans polaires et figés par le froid. C'est ma mémoire, tailladée, en lambeaux. Mes violences. »

JEAN MALAURIE,
Hummocks, Tome 1,
De la pierre à l'homme

L'ingénieur

1

J'ai marché le long du rivage dans la tiédeur de la nuit africaine et je me suis assis sur le dos d'une barque dont il ne reste plus que le squelette. Des pêcheurs vivaient ici, une vieille femme me l'a raconté. Leurs pirogues affrontaient la barre avant l'aube et ils pêchaient le capitaine, le requin gris dont l'aileron est si recherché, parfois même une tortue qu'ils découpaient à la hache et partageaient entre les chefs de clans. Mais maintenant ils sont tous partis pour tenter leur chance en Europe, ou bien ils travaillent pour la compagnie et quand ils ont assez d'économies ils se construisent des maisons en parpaings, plus au nord, au-delà des marécages.

Il me reste une cigarette et je la grille en contemplant le derrick dressé au milieu du delta. On dirait une fusée en partance pour les étoiles, mais ici la conquête est souterraine. D'où je suis, je peux observer mes camarades rassemblés sur la plateforme, quel boucan ils font. Les mécaniciens, les constructeurs, les foreurs, même le géologue est avec eux. Il a délaissé ses sacro-saints échantillons pour participer à la fête et le responsable de l'exploitation est venu aussi, lui qui pourtant se mêle rarement au personnel. Rien ne peut les arrêter, ils frappent sur les tuyaux, ils chantent à s'en décrocher la mâchoire et s'étourdissent de mauvais rhum. Et ça dure depuis des heures déjà, depuis que la machinerie a vibré jusque dans les entrailles de la terre et que l'huile a jailli du puits. Pourquoi suis-je incapable de partager cette joie collective ? C'était déjà le cas en mer du Nord, au large de la Louisiane, et même au Queensland où pourtant je m'étais lié avec un contremaître, un garçon de ma région. Comment expliquer cet état d'âme qui me submerge dès que ce fichu pétrole est là, qu'il pousse avec régularité dans les tubes, ce besoin impérieux d'être seul et la sensation d'un vide immense. Mais vis-à-vis de quoi ? D'un sentiment soudain d'inutilité, c'est ce que je peux dire de plus précis.

Une lueur s'est détachée de la plateforme et maintenant elle vient vers moi. Au bruit rauque qui l'accompagne je reconnais un des Toyota qui fait la navette avec Kejabar, là où nous sommes cantonnés. J'ai escaladé le talus et le chauffeur a ralenti en me voyant apparaître dans ses phares. C'est Ogilvy, un grand Malien avec qui nous jouons aux dés, parfois. Il s'est arrêté à ma hauteur et il a laissé pendre son bras.

— Qu'est-ce que tu fais là patron ?

— Je t'attendais.

— Tu veux que je te ramène à l'hôtel ?

— Ce serait pas mal.

Nous avons traversé les marais et rejoint la route principale dont le revêtement est pire que la piste. Des trous énormes, comme résultant d'un bombardement, se sont présentés sous nos roues, mais Ogilvy sait y faire, ni trop lent ni trop rapide, il conduit à l'africaine.

— Qu'est-ce que tu vas faire maintenant, Virgil ? m'a-t-il demandé.

— Mes bagages.

— Tu ne veux pas t'amuser un peu ? Je connais un endroit qui n'est pas pour les Blancs mais avec moi pas de problème.

— Merci, mais je préfère rentrer.

Je sais très bien ce qu'il pense, que je devrais me laisser embarquer par une fille et boire jusqu'à tomber par terre, mais j'ai maintes fois pris ce chemin qui n'a pour effet que d'augmenter mon spleen. Le mieux que je puisse faire à ce stade, quand il n'y a plus rien à pister, creuser, révéler, c'est quitter la place. Il faudrait changer de spécialité, car c'est précisément ma fonction qui crée cette situation, elle s'achève au moment où pour les autres tout commence, mais ce n'est pas si facile. Cette quête obstinée de la précieuse huile est devenue avec le temps le centre de mon existence, au point de réduire à néant tout le reste.

Une antilope a surgi dans le halo de nos phares mais au lieu de traverser la piste elle est restée à hauteur du 4x4 et m'a regardé de son œil rond avant de plonger dans les taillis. Mon rôle consiste à délivrer le feu vert, ou pas, à l'exploitation d'un site. Bien sûr je ne suis pas le seul à décider, mon avis dépend étroitement du travail de collecte et d'analyse d'un ensemble de personnes, mais disons que j'interviens à un moment donné du processus pour faire basculer la décision d'un côté ou de l'autre, en tout cas tant qu'on me fait confiance, là-haut, à la direction. Ce statut d'*ingénieur expert* a toujours plus ou moins existé. À l'époque héroïque de la recherche pétrolière il régnait en maître sur la phase d'exploration, et puis avec l'évolution des techniques, l'apport du satellite, les carottages de plus en plus précis, il a presque disparu et tout se décidait désormais à la maison mère entre le laboratoire et la direction. Jusqu'à ce qu'au début des années 2000 se produise un renversement de tendance. Des milliards avaient été dépensés pour quadriller la planète, des centaines de concessions avaient été implantées dans des lieux parfois très difficiles d'accès, mais au bout du compte il avait bien fallu l'admettre, à peine plus de dix pour cent de ces sites s'étaient avérés rentables et le doute avait pris possession des grands trusts tandis que le cours du pétrole commençait à flancher. Dans l'urgence, des commissions avaient été créées, composées de la fine fleur des spécialistes et ce grand brassage de cerveaux avait préconisé de revenir à une approche plus humaine, de replacer l'expertise de terrain au cœur du processus.

À cette époque, je sortais de l'école d'ingénieurs et j'étais loin de penser que ces considérations stratégiques allaient influer sur mon avenir. Je débarquais à la capitale sans relations ni point de chute au terme d'un cycle d'études ayant englouti mes dernières économies. Chaque matin j'épluchais les journaux à la recherche d'une proposition sérieuse, jusqu'au jour où j'étais tombé en arrêt devant cette pleine page achetée par Radom qui proposait à des ingénieurs dûment diplômés une formation de trois années dans la filière pétrolière. Honnêtement, c'était un domaine auquel je n'avais pas songé. Je me voyais plutôt travailler dans le bâtiment ou sur les ouvrages routiers, les tunnels m'intéressaient particulièrement. Mais découvrir les destinations associées à ces chantiers m'avait transporté dans une autre dimension. Détroit d'Ormouz, mer de Cortez, baie de Melville, autant de noms qui m'avaient subjugué, moi qui n'avais jamais vu que ma Bretagne et cet océan qui rongeait la terre sur lequel les paysans que nous étions ne naviguions jamais. Pourquoi pas moi, m'étais-je interrogé, pourquoi pas une vie d'aventure ? J'avais déposé ma candidature sans trop me faire d'illusions et de fait les semaines étaient passées sans réponse. Mais alors que je m'étais résigné et que je tentais d'explorer d'autres pistes j'avais reçu une convocation, ma candidature était retenue. Ce jour-là, j'avais traversé Paris d'est en ouest, en m'étonnant que les passants ne soient pas au courant de mon triomphe. Toutefois, après ce moment d'euphorie j'avais déchanté car les grands espaces n'étaient pas pour tout de suite. En guise de grande aventure j'avais limé les bancs d'une salle de cours et ingurgité des montagnes de chiffres au point que certains soirs, de retour dans ma tanière je m'endormais sans manger. Cependant je m'étais accroché suffisamment pour finir major de ma promotion.

À l'entrée de Kejabar, un groupe de femmes occupait le milieu de la piste, elles ont pris leur temps pour nous laisser passer. Un peu plus loin, des gosses accroupis dans le fossé grillaient un petit gibier. Nous avons traversé ce quartier de cabanes puis les maisons sont devenues plus hautes et l'hôtel Impala s'est dressé devant nous. Il avait dû être luxueux mais la guerre civile était passée par là et les murs criblés de balles rappelaient les heures noires du régime.

— Demain je t'emmène à l'aéroport, a dit Ogilvy.

— Te fatigue pas je prendrai un taxi.

— Non, ça me plaît.

Un jour je lui ai demandé la raison de cette attention qu'il me portait, « parce que tu ne fais rien pour ça », m'avait-il répondu. C'est absolument vrai, je déteste tous ces colons qui cherchent à se faire bien voir des populations locales pour se raconter qu'ils sont des humanistes. Je sais très bien qui je suis, je représente la société industrielle et je veille à ses intérêts.

Je me suis frayé un chemin dans le hall occupé par des touristes fraîchement débarqués. On se serait cru dans *Out of Africa* et j'ai imaginé ce qui resterait de leur élégance après deux jours en brousse. J'ai contourné le restaurant où des coopérants festoyaient aux frais de l'administration et évité le bar où des filles beaucoup trop jeunes attendaient qu'un attaché commercial en perdition vienne s'échouer dans leurs filets. J'ai refermé ma porte avec soulagement et je me suis étendu sur le lit. Dans la chambre d'à côté le téléviseur diffusait un match de football et le commentateur s'enflammait. C'était dans ces moments que Desmarets me manquait le plus. Je m'attendais encore à ce qu'il entre, pieds nus, le cigare au bec, et me demande de sa voix rocailleuse si je n'avais pas une bière ou deux dans mon frigo.

Une fois mon diplôme obtenu on m'avait placé sous sa protection car il était hors de question qu'un jeunot fraîchement sorti de l'école puisse représenter la compagnie avant d'avoir fait ses armes. Et c'est ainsi que j'avais débarqué en Indonésie dans le sillage d'Hervé Desmarets qui passait pour un tyran dans le travail, une réputation non usurpée. Maintes fois au cours de cette période j'avais songé à raccrocher le casque tant il me semblait qu'il prenait un malin plaisir à m'humilier, mais peu à peu, comme s'il avait senti que j'atteignais mes limites, il était devenu plus humain et j'avais compris que sa rigueur extrême masquait en réalité une angoisse, celle d'envoyer au casse-pipe un blanc-bec qui ne serait pas opérationnel. Il m'avait inculqué l'essentiel, la distance nécessaire avec l'émotion quand il fallait prendre sa décision et que les pressions extérieures étaient innombrables. Petit, mais comme taillé dans un bloc de granit, il était né sur le plateau ardéchois et selon lui la relation de l'homme à la nature se résumait à un rapport de force, tu la dominais ou bien elle te tuait. Il était bien davantage qu'un ingénieur, plus proche d'un chef de guerre menant la bataille et c'était la raison pour laquelle il sortait du lot. Au fil du temps et des missions nous étions devenus proches mais il prétendait que toute relation durable était basée sur un solide intérêt. Il ne prononçait jamais le mot *amitié* qui de son point de vue portait malheur. « Il suffit qu'un homme proclame son amitié pour qu'il s'empresse de la trahir ! » se plaisait-il à remarquer. Cependant, nous ne nous étions plus quittés et même lorsqu'il avait commencé à décliner physiquement j'avais refusé de partir avec un autre équipier, je voulais profiter de lui le plus longtemps possible. Une fois sa retraite effective nous avions continué à correspondre, jusqu'à son suicide. Il s'était donné la mort trois ans à peine après avoir quitté le service. J'avais appris la terrible nouvelle alors que je naviguais sur un navire de prospection sismique dans le détroit de Magellan. Je m'étais souvenu ce soir-là, accoudé au bastingage, d'une conversation que nous avions eue une nuit d'insomnie, dans un hôtel de Douala où nous transitions. « Ce boulot te suce le sang, Virgil », m'avait-il confié, accoudé à ce bar dont nous étions les derniers clients. « Essaye de le quitter avant qu'il ait ta peau, le puits que tu creuses est sans fond. » Il s'était pendu dans sa cuisine à une gaine d'aération. Il avait échappé à tous les dangers, aux à-coups de pression, aux incendies, aux écroulements de structures, à des attaques de pirates, comme il s'en produit fréquemment dans l'océan Indien. Mais il n'avait pas supporté que sa course s'achève dans un meublé du côté de la porte de Pantin. Était-ce ma destinée à moi aussi ? « Le puits que tu creuses est sans fond, Virgil. » J'entends sa voix comme s'il était resté dans les parages. Je revois ce visage taillé dans la pierre et cette inquiétude dans le regard qui ne le quittait jamais tout à fait.

J'ai ouvert en grand la baie vitrée et tant pis pour les moustiques, je veux respirer l'Afrique une dernière fois. Treize ans après ma première mission, presque jour pour jour, ai-je une idée plus claire de l'aventure, trouvé un sens à ce combat douteux ? Honnêtement, non. J'évalue le potentiel des trous que mes camarades font dans la terre, je m'efforce de le faire avec honnêteté et compétence, mais je dois bien l'admettre, ces victoires sur le magma, à l'échelon de l'intime, ne m'apportent aucune réponse. Au bout du monde on n'emmène jamais que soi, et il faut faire avec.

2

Un chauffeur de la compagnie m'attendait à l'aéroport de Roissy. Quand Radom vous envoyait chercher ce n'était pas de la courtoisie mais pour s'assurer de votre présence à une réunion qui ne pouvait attendre.

Nous sommes entrés dans Paris par la porte de la Chapelle et j'ai vu se dessiner le dôme du Sacré-Cœur tandis que nous nous engagions sur le périphérique. J'ai fermé les yeux un instant, quand je les ai rouverts la voiture s'engouffrait dans le parking de La Défense pour s'immobiliser devant les ascenseurs. On était au milieu de l'après-midi et c'est seulement dans ce cube d'acier, s'élevant vers les hauteurs directoriales, que j'ai eu le sentiment d'être arrivé en France.

Les portes se sont ouvertes au quarantième étage et je me suis retrouvé face à une nuée de jeunes gens, ils devaient être en stage. Je me suis souvenu de mes débuts à la compagnie, de cette visite que j'avais effectuée, comme une récompense, au sommet de la tour Radom. Tout m'avait impressionné à l'époque. L'épaisseur de la moquette, les matériaux employés pour la construction des cloisons, la qualité des fauteuils, l'acier brossé des piétements, le moindre détail participait à un ensemble destiné à exprimer la toute-puissance du groupe et loin de m'effrayer, cette opulence m'avait rassuré. J'étais devenu le soldat d'une armée aux moyens illimités, je m'étais senti invulnérable.

En m'engageant dans le hall, j'ai vu venir Irène Auguin. Nez pointu, lunettes épaisses, elle régissait le trafic à cet étage et elle avait ses têtes comme on dit, mais jusqu'à maintenant elle m'avait toujours épargné.

— Vous êtes très attendu, a-t-elle ponctué.

Elle m'a guidé vers ce que je pensais être une salle de réunion mais à ma grande surprise nous sommes entrés directement dans le bureau du patron. Je me suis retrouvé dans un salon qui dominait la ville en présence d'Emmanuel Durban-Ligure, qui présidait aux destinées de Radom depuis bientôt deux décennies, de Marc Albret, le directeur de la communication, et de Robert Andrieux, le responsable des forages.

— Comment va le Nigeria, ingénieur ? m'a demandé Durban.

— Plutôt bien, monsieur, je crois pouvoir dire que nous y sommes implantés durablement.

— À la bonne heure, a-t-il acquiescé.

Sans plus de préambules il s'est tourné vers Andrieux.

— Robert, nous vous écoutons.

Le responsable des forages était un des piliers de l'entreprise. Il était parti de la base, simple mécanicien, pour franchir les échelons un par un avant de devenir l'autorité indiscutable en matière d'extraction. D'un geste il a signifié à un assistant de lancer la projection et la carte de l'Arctique est apparue.

— Meighen Island, a-t-il précisé en pointant un minuscule îlot situé entre les territoires du Nord-Ouest et le pôle. C'est de là qu'un de nos radeaux de recherche avancée a signalé la découverte d'un gisement d'importance majeure, ce sont les mots du géologue en charge des premières analyses. Bien sûr ces informations sont à considérer avec les réserves habituelles étant donné que des prélèvements sont en cours, mais les premiers éléments dont nous disposons sont prometteurs.

— Vous répondez de votre équipe ? a demandé le patron.

— Absolument.

Il s'agissait donc de l'Arctique. Je savais que nous y avions des concessions, mais de mémoire, nos recherches n'y avaient jamais débouché sur une exploitation rentable.

— Merci Robert, a ponctué Durban, en se tournant vers Dalbret. Marc, dans l'hypothèse où l'intérêt de cette découverte se confirme, votre sentiment sur l'impact que pourrait avoir une présence accrue dans cette région du globe ?

Il était évident qu'il connaissait la réponse mais il voulait que je l'entende.

— Ma foi, si vous aviez formulé cette demande il y a quelques années, a soupiré Dalbret, j'aurais tout fait pour vous décourager, mais aujourd'hui la réponse sera plus nuancée. L'instabilité récurrente au Moyen-Orient ainsi que les effets du terrorisme sont passés par là et force est de constater que l'opinion publique est davantage partagée. Sa conscience écologique augmente, certes, et l'Arctique à cet égard représente un marqueur symbolique important, une sorte de sanctuaire, mais d'un autre côté elle est consciente de la nécessité d'une alternative en termes de ressources, en sachant que les énergies du futur sont loin d'être opérationnelles…

— En clair, vous pensez qu'une décision d'exploiter serait tenable ?

— En insistant sur l'importance stratégique de celle-ci, oui.

— C'est-à-dire ?

— Une exploitation mineure serait perçue comme une prise de risque inutile, il me semble. Par contre si le gisement est d'importance, pour reprendre le terme de notre homme sur le terrain, ce sera d'autant plus facile à défendre.

— Voilà qui est clair, s'est satisfait Durban.

J'ai pris soudain conscience de l'aspect intimiste de cette réunion. Moins il y a d'interlocuteurs, plus le sujet compte, ai-je pensé.

— Ingénieur ?

— Oui monsieur ?

— Vous étiez proche du chef Desmarets, n'est-ce pas ?

— Il m'a formé et nous avons fait équipe pendant plus de dix ans, ai-je répondu.

Durban m'a jaugé du regard. On disait qu'il possédait des fiches sur tous ses employés jusqu'au gardien et qu'il ne laissait jamais rien au hasard.

— C'était un homme en tous points remarquable, a-t-il repris. Je me souviens d'un forage en Anatolie qui semblait né sous les meilleurs auspices. Un réservoir gigantesque, une zone accessible, peu de population. Toutes les études avaient donné leur feu vert mais Desmarets nous a demandé d'affiner l'approche sismique au grand dam de nos stratèges. À peine un mois plus tard un tremblement de terre a bouleversé la région et les Américains de Pulsar, qui s'étaient lancés là-dedans en se moquant de notre frilosité, ont laissé dans l'aventure quelques millions de dollars.

Son visage si hermétique, façonné par les grandes écoles et l'exercice du pouvoir, s'est adouci un instant.

— Remarquable vraiment…

Puis il s'est refermé et de nouveau le grand manitou s'exprimait.

— Je veux que vous alliez là-bas sans attendre, ingénieur. Dites-moi si ce gisement en vaut la peine. Si c'est le cas, détracteurs ou pas, procès, campagnes de presse, nous passerons outre tous ces emmerdeurs et vous savez quoi ? Dans vingt ans tout le monde nous donnera raison de l'avoir fait !

3

J'ai glissé la clef dans la serrure et respiré cette odeur particulière que dégage un lieu peu habité. C'est sur le conseil d'un collègue que j'ai acheté cet appartement situé dans le 13e arrondissement. D'après lui je devais songer à me fixer, mais c'est une notion que j'ai du mal à appréhender. Pour exemple, ces trois dernières années je n'ai pas dû passer plus de deux mois à la capitale.

J'ai distraitement évalué le courrier constitué de factures et de propositions commerciales puis quitté mes chaussures et rejoint la terrasse. En mon absence une nouvelle résidence s'était élevée de l'autre côté de la rue, un panneau publicitaire vantait ses prestations. Un couple modèle prenait le thé dans un canapé de standing et l'avantageux panoramique suggérait qu'au-delà des baies vitrées un parc s'étendait jusqu'à la Seine. En pratique, on voyait surtout monter le béton.

Tandis que le bain se remplissait j'ai jeté un œil dans le réfrigérateur. Une bouteille de sancerre blanc avait survécu à ma dernière visite et je me suis accordé un verre, juché au bar, face à ce salon qui attendait toujours d'être meublé. À la compagnie il n'y avait que deux cas de figure, les personnels qui s'étaient mariés très tôt, dont les couples s'efforçaient de tenir à coups de médicaments et de visites chez le psy, ou bien les solitaires, résignés à leur sort, errant tels des fantômes entre deux missions. Je me situais clairement dans la seconde catégorie. Je me contentais de relations éphémères, et quand un camarade s'inquiétait de savoir si je n'en éprouvais pas un manque, je répondais invariablement « plus tard, il sera toujours temps d'y penser ».

J'ai enfourné mes vêtements dans la machine à laver et passé un peignoir. Une pile de cartons se dressait dans le couloir et j'ai réalisé qu'elle n'avait pas bougé d'un pouce depuis mon emménagement. Sur l'un d'eux on pouvait lire : affaires personnelles, et je n'ai pu m'empêcher de sourire. Il incarnait parfaitement la relation que j'entretenais avec le passé car il contenait des objets liés à l'enfance que ma mère avait tenu à me léguer, et s'il m'avait suivi jusqu'ici au gré de mes divers points de chutes, il attendait toujours que je l'ouvre.

Je me suis glissé dans la baignoire, j'ai laissé reposer ma nuque contre l'émail. Mon père est mort lorsque j'avais neuf ans, dans le champ en contrebas de la ferme, à moins d'un kilomètre à vol d'oiseau de la cuisine où ma mère préparait le repas. Pour une raison inconnue, probablement un faux mouvement, sa jambe s'est trouvée sectionnée à hauteur de la cheville par la bêche mécanique qu'il utilisait. On l'avait découvert la tête contre le tronc de l'unique arbre du champ, le bras cherchant à l'enlacer, il s'était vidé de son sang. Comme la plupart des paysans, il se levait avant l'aube et ne rentrait que pour manger, prendre un court repos. Je n'ai pas de souvenirs de jeux partagés ni qu'il m'ait accompagné dans mon lit, et probablement parce qu'elle sentait ce manque, ma mère s'était efforcée de me parler de lui après sa disparition, comme on entretient une flamme. Elle me racontait toujours qu'un hiver il s'était jeté à l'eau après que j'ai glissé dans l'étang. Elle l'avait vu me ramener, trempé jusqu'à l'os, me déposer sur la table comme un paquet. Et j'avais fini par connaître si bien cette histoire qu'il me semblait m'en souvenir, éprouver sa volonté de me protéger. En fin de compte il n'avait voulu que ça, « nous mettre à l'abri » comme on disait à l'époque, mais il n'y était pas parvenu, à cause de cette maudite bêche et de cette terre qui le rejetait. Comment dans ces conditions ne pas être d'accord avec Desmarets, « la nature, tu la domines ou elle te tue, Virgil ». Ma mère avait tenu deux hivers, seule, puis envisagé d'embaucher un commis mais elle avait dû se rendre à l'évidence, ce n'était pas rentable. Elle avait vendu au voisin, mal, et nous nous étions installés dans la banlieue de Rennes où elle avait trouvé du travail dans un magasin d'alimentation. Nous n'étions jamais retournés à la ferme, par un accord tacite, et je m'étais projeté de toutes mes forces dans ma nouvelle vie. Un enfant peut s'adapter à tout, y compris à la disparition, à condition d'aller de l'avant. Les maîtres avaient pris la place de mon père, l'élève distrait qui montait des hameçons au dernier rang était devenu un élément de première force que tout intéressait, la chimie, la physique, les mathématiques, et comme il existait en ville une école d'ingénieurs réputée c'était tout naturellement que je m'étais engagé dans des études supérieures, grâce à mon statut de boursier.

Ma mère m'avait encouragé très tôt à prendre mon indépendance. Elle avait été élevée loin de ses parents, imprégnée de la conviction qu'on restait seul sa vie entière, que tout ce qu'on pouvait faire pour ceux qu'on aimait c'était remplir un sac et leur souhaiter bon voyage. « Grandis, je le verrais et je serais heureuse », m'avait-elle lancée le jour où j'avais pris le train pour la capitale. Elle était morte sept années plus tard alors que j'étais de retour d'une campagne en Indonésie. Une camionnette l'avait renversée alors qu'elle était en parfaite santé. J'avais ressenti une peine immense en découvrant les cartes postales que je lui envoyais des quatre coins du monde, à côté de ce lit individuel, dans cette chambre modeste, et je m'étais demandé s'il y avait une fatalité à ce que dans notre famille on meure par accident.

4

La compagnie m'avait réservé un siège de première classe dans le vol du soir pour Montréal. Je me suis restauré peu après le décollage, accordé une sieste, et quand j'ai rouvert les yeux les lumières de bord étaient atténuées. L'hôtesse s'est approchée de moi avec une couverture et je l'en ai remerciée, mais je lui ai surtout demandé du café, j'avais de la lecture.

L'île où mes collègues avaient identifié le gisement se trouvait à cinq cent trente kilomètres au nord de Resolute, connu pour être le dernier village habité sur le chemin du pôle. Le radeau qui l'avait signalé appartenait à la dernière génération de bâtiments d'exploration conçus par la firme allemande Extarion et il était équipé du matériel le plus sophistiqué qui soit, permettant à une équipe de trois hommes de mener une première approche dans des conditions de sécurité optimales. Ces unités légères ont bénéficié d'une avancée considérable de la technologie qui relègue le matériel de forage classique au rayon des antiquités pour le remplacer par des sortes de tentacules télécommandées capables de prendre appui dans la roche et d'entamer le forage à des profondeurs atteignant mille mètres et plus. Le tout sous le contrôle d'un seul homme resté bien au chaud dans sa cabine de commande et qui pouvait guider toute l'opération à distance grâce à la vidéo embarquée. Pour les compagnies ces unités offrent tous les avantages. Leur personnel est réduit au minimum. Elles peuvent se déplacer rapidement en cas de dégradation des conditions extérieures. Enfin, et peut-être surtout, elles permettent une approche graduée de l'exploration, et si la découverte est confirmée il est toujours temps d'engager des moyens supérieurs. Selon l'ingénieur géologue Chassain, ses camarades et lui ont identifié un réservoir – c'est ainsi qu'on nomme un gisement dans notre jargon – d'une taille exceptionnelle, piégé entre deux couches argileuses qui constituent a priori une couverture très fiable. Cette dernière information est essentielle car il faut savoir que les hydrocarbures ont une fâcheuse tendance à migrer sous l'effet de la pression interne de la terre et que si rien ne les enferme, ils finissent par remonter à la surface et échapper à tout captage. C'est pourquoi l'étanchéité du « couvercle » est déterminante. Diverses photos complétaient ce premier dossier, transmis par satellite, une échographie de la zone et des graphiques.

La dernière partie du dossier était un résumé des analyses en cours et on pouvait remarquer, même si le carottage était encore partiel, que l'indice de porosité de la roche semblait prometteur.

Il était une heure du matin et cette lecture ne faisait qu'augmenter mon impatience. J'aurai voulu être déjà sur place et je me suis penché vers le hublot. On devait survoler l'Atlantique et tout était noir en dessous. J'avais quelques films en stock dans mon ordinateur et j'ai opté pour le premier de la série des *Jason Bourne*. J'adorais le moment où Matt Damon arrivait en Suisse, dans cette banque où il avait un compte secret pour y découvrir un coffre numéroté, ses multiples identités, un trésor de guerre en dollars et une liste de contacts dont il ignorait l'existence. Je connaissais l'histoire par cœur mais ce n'était pas grave, elle me conduisait au sommeil.

La voix du commandant de bord m'a ramené à la conscience alors que nous approchions de Montréal, j'ai redressé mon siège et doucement émergé. Sur l'écran de l'ordinateur Matt Damon s'était figé dans sa course au milieu d'un carambolage monstrueux. J'ai profité de cette courte escale pour acheter des journaux, des biscuits, des cigarettes, puis je me suis rapproché de la borne wifi pour consulter mes messages. Radom organisait mon arrivée à Resolute. Un logisticien de la compagnie répondant au nom de Gaude était censé me réceptionner à la descente de l'avion, me fournir un équipement complémentaire et me convoyer jusqu'à l'hélicoptère qui ferait la liaison avec le site de Meighen. Le temps de vol était de deux heures trente mais la note prévenait que les conditions climatiques influaient grandement sur cette estimation.

La correspondance pour Resolute était un moyen-courrier à hélices et les voyageurs qui l'attendaient devaient être tout au plus une quinzaine. Ma place se situait tout près de la cabine de pilotage et je me suis retrouvé à côté d'un Inuit qui m'a salué tandis que je m'installais. Il jouait avec une tablette et tout en bouclant ma ceinture j'ai pu voir de quoi il s'agissait. Des phoques émergeaient de trous d'eau et le jeu consistait à les attraper au moyen d'un harpon virtuel. L'Inuit poussait un gloussement étouffé à chaque fois qu'il parvenait à piquer sa proie, un grognement lorsqu'il échouait, de telle sorte qu'il n'était pas nécessaire de regarder l'écran pour suivre le jeu. Sur un siège à l'opposé de notre travée, un homme m'observait. Il semblait sortir tout droit d'un cabinet d'affaire de Manhattan. Que venait-il faire par ici ? En tout cas pas du tourisme. Son visage exprimait une grande sévérité et j'en ai déduit qu'il avait repéré le sigle Radom sur mon blouson. Cette hostilité n'avait rien de surprenant, la compagnie nous encourageait régulièrement à garder nos distances avec les populations rencontrées. Une clause contractuelle stipulait qu'un membre du personnel devait se garder d'émettre tout commentaire sur son activité, en public ou dans un média, et qu'en aucune circonstance il ne devait déclencher de polémique, encore moins une mauvaise querelle, toute chose qui aurait pu nuire à l'image du groupe. À tel point que certains de mes collègues préféraient voyager sans signe distinctif.

Tandis que le bimoteur décollait, je me suis intéressé à la partie finale du document rédigé par l'équipe d'exploration, les relevés sismiques. Le volume du réservoir m'intéressait moins que ce qui permettait d'évaluer la stabilité du terrain sédimentaire, la plus grande source d'incertitude quand on en vient à la décision d'exploiter est liée en définitive à la tectonique. Car il suffit d'un mouvement de l'écorce terrestre, d'une fissure qui s'ouvre entre deux plaques, pour que des années d'efforts soient réduites à néant. Mon voisin m'a demandé si je voulais jouer et j'ai tenu à me montrer sociable même si comme je le pressentais je me suis révélé un piètre chasseur. L'Inuit a sorti de son sac un pain de viande qui n'avait pas l'air très engageant mais s'est avéré un pur délice. Mon compagnon de voyage avait une face lunaire et des yeux allongés donnant l'impression qu'il se moquait de tout en permanence, pourtant ce n'était pas le cas, il était juste bienveillant.

— Mon frère a travaillé dans le pétrole, a-t-il dit, pour les Norvégiens.

— Valberg.

— Oui. Mais il n'est pas resté, ils ne sont pas très drôles. Vous les Français, vous êtes drôles.

— Pas toujours, crois-moi.

— Est-ce que tu veux encore jouer ?

— Non merci, je me suis assez ridiculisé.

Il avait servi de guide à un glaciologue missionné par le CNRS, il parlait un français très correct. Sous les ailes de l'avion les zones habitées sont devenues rares, l'immensité boisée du Nord canadien s'est imposée comme la seule référence. Puis la steppe a remplacé les conifères et l'eau est devenue de plus en plus présente. Nous survolions maintenant l'extrémité du continent où la côte se fragmentait en îles aux formes tourmentées.

— Mon nom c'est Akti, a dit l'Inuit.

— Akti, ai-je répété.

— Aaaakti, il faut dire.

— Aaaakti.

— C'est ça. Et toi ?

— Virgil.

— Fais attention à toi, Virgil.

— C'est promis.

5

Le bimoteur s'est posé sur le tarmac de Resolute Bay un peu avant midi. La température était loin d'être polaire, c'est la première chose qui m'est venue à l'esprit en m'engageant sur la passerelle. Tout en descendant les marches j'ai compté trois pistes d'envol et constaté que la tour de contrôle bénéficiait d'un équipement dernier cri. Quant au hangar il ne suffisait plus à abriter les nombreux appareils en transit, des Twin Otter, des Cessna 172 en pagaille et même un jet privé de la Shell. Ce n'était pas exactement l'idée que je me faisais d'un aéroport du bout du monde et j'en ai fait la remarque à Gaude qui m'attendait devant son véhicule à chenilles aux couleurs de la compagnie.

— Resolute est le dernier lieu habité sur le chemin du pôle, a-t-il rétorqué. C'est le point de départ des expéditions mais également le relais logistique des compagnies minières, en réalité de tout projet industriel au nord du Canada. Ça fait un peu de monde…

Akti est passé à notre hauteur et m'a fait signe en continuant son chemin.

— Vous vous êtes fait des relations, on dirait.

— Exact.

L'autochenille s'est engagée dans ce qui devait être la rue principale. Une voie large de trente mètres au moins, bordée d'habitations disposées d'une manière aléatoire, il fallait de l'imagination pour parler d'un village. Les cabanes étaient posées à même la terre pelée qui devenait à certains endroits, sous le soleil de midi, de la bouillasse.

— Vous vous attendiez au grand désert blanc, je parie, a persiflé mon chauffeur.

— Un peu. Et aussi à ce qu'il fasse froid.

— La fonte est en avance d'un bon mois, m'a-t-il expliqué, mais de toute façon l'été arctique fait toujours cet effet à ceux qui débarquent, c'est bien ce qui est dangereux. En journée vous pouvez prendre des coups de soleil, vous baigner dans un trou d'eau, les Inuits le font, mais si le blizzard se met à souffler, croyez-moi vous allez comprendre où vous êtes. C'est quoi ces chaussures ?

— La compagnie me les a fournies.

— Avec ce genre de semelles vous n'irez pas loin, je vais vous trouver ce qu'il faut. Vous chaussez du combien ?

— Quarante-cinq.

Je voyais un peu mieux l'ensemble du village maintenant. Il était adossé à une colline qui le protégeait.

— L'hélico est en route, a-t-il poursuivi. Ce soir vous dormirez en entendant craquer la banquise.

Il conduisait avec prudence et j'ai très vite compris pourquoi. Chiens, enfants et adultes se déplaçaient au milieu de cette rue sans prêter la moindre attention aux véhicules, tellement ils étaient rares. Nous sommes passés à hauteur d'un long baraquement devant lequel s'était formé un attroupement.

— Il se passe quelque chose, ici, ai-je demandé ?

— C'est la maison commune. Un avocat est venu spécialement de Vancouver pour expliquer à la population locale qu'elle a de bonne chance de nous chasser de leurs terres.

— Il était dans mon avion.

— Sans blague, et alors ?

— J'ai survécu. Vous voulez bien me déposer ? Je voudrais me faire une idée de l'ambiance.

— Pas de problème, mais ne foutez pas le bordel.

— Ne vous inquiétez pas pour ça.

Mon chauffeur s'est rangé le long d'un container qui débordait de canettes de bières et m'a évalué un instant.

— Je vous voyais plus vieux. Vous avez travaillé avec l'ingénieur Desmarets, il paraît.
— Oui.
— Il était aussi costaud qu'on le dit ?
— Plus que ça.
— Quand vous aurez fait votre balade, rejoignez-moi chez Pop. C'est la baraque rouge, tout au bout à droite. Je serai en train d'y boire un vin chaud et j'aurai votre matériel.

Je suis descendu du véhicule en m'efforçant de ne pas trop glisser. Il avait raison pour les semelles, il fallait des crampons plus sérieux. J'ai commencé de remonter la rue à contresens. Beaucoup de visages croisés étaient de type européen, et sur moins de cent mètres j'ai compté deux enseignes de compagnies minières, une agence organisant des treks et l'équivalent d'un fast-food. L'attroupement avait fortement diminué devant la maison commune et j'ai emboîté le pas des derniers entrants. À l'intérieur il faisait très chaud et tout le monde parlait en même temps mais les autochtones semblaient s'y retrouver. Des affiches tapissaient l'un des murs et je me suis intéressé à leur contenu. On y trouvait un peu de tout, des appels à se mobiliser pour la création d'un parc naturel, des annonces proposant des motoneiges d'occasion, le bulletin météo de la semaine, une proclamation du maire qui répondait au nom avantageux de Little Bear Johnson et à laquelle était associée sa photo.

J'ai décidé de rester un peu afin de m'imprégner de cette ambiance. À mes pieds des gosses jouaient avec des sortes d'osselets. Sur l'estrade dressée au fond de la salle l'homme de la photo est apparu. Il s'est lancé dans un discours assez éloigné de celui d'un maire, on aurait plutôt dit que son intention était de lever une armée, mais à un moment il a lancé une blague et tout le monde s'est mis à rire. Puis il a repris son sérieux et conclu sa harangue par une formule en inuit que l'assemblée a repris avec ferveur. Je me suis approché du bar qui débitait bière sur bière. L'homme de l'avion a succédé au premier orateur, il s'appelait Jacob Lederman et se trouvait mandaté par le cabinet d'avocats de Vancouver Arden et Mickelsen, dédié à la protection du Nunavut et de ses habitants. D'après lui, le bras de fer juridique était entré dans une phase décisive car des éléments nouveaux étaient apparus susceptibles de remettre en cause les conditions dans lesquelles la compagnie avait obtenu le permis de prospecter. Des questions ont fusé dans la salle, auxquelles il a répondu avec beaucoup de clarté puis il a donné des précisions sur le calendrier judiciaire. En guise de conclusion il a demandé à tous patience et fermeté. Il m'a semblé que son regard croisait le mien mais je ne pouvais pas le jurer puis un Inuit m'a bousculé. Plusieurs hommes accrochés au bar s'échauffaient. Le mieux était de lever le camp.

Je me suis calé contre la rambarde de bois à l'extérieur de la baraque pour fumer tranquillement. Je n'étais pas inquiet de ce que je venais d'entendre, partout où la compagnie s'implantait des actions en justice étaient menées mais à ma connaissance aucune n'avait abouti à la fermeture d'un site. Un jeune garçon s'est approché pour quémander du feu. Il ne devait pas avoir plus de quinze ans mais ses yeux avaient perdu tout éclat et tandis qu'il allumait sa cigarette, j'ai remarqué que sa pommette était tuméfiée.

— Il a bu et il s'est battu. Ce sont les activités principales de beaucoup de jeunes par ici.

L'avocat de Vancouver m'avait rejoint.

— Pas seulement les jeunes, d'ailleurs, a-t-il continué, vous savez comment s'est fondé ce village ?

— Non, mais vous allez me l'apprendre.

— Après la Seconde Guerre mondiale le gouvernement canadien a voulu prendre position sur la banquise afin de contrer les ambitions territoriales des Russes, mais personne ne résidait dans ces parages, hormis des chasseurs nomades qui faisaient parfois une halte. Il était possible d'installer une base militaire, de muter des scientifiques, c'est ce qu'il a fait, mais pour que sa démarche paraisse plus légitime il fallait aussi que des autochtones soient de la partie. Le gouvernement a donc proposé à des Inuits implantés plus au sud de s'installer à cet endroit, en leur promettant des avantages mirifiques. Sauf que ces hommes étaient habitués à vivre dans la steppe et que la plupart ont échoué à s'adapter. Ils sont devenus accros aux colis de l'administration, se sont mis à boire et à battre leurs femmes.

— C'est intéressant.

— N'est-ce pas ?

— Il faut que je vous dise une chose, ai-je ajouté, je ne suis pas autorisé à…

— Je connais votre statut, m'a-t-il coupé, je sais comment les compagnies fonctionnent. Mais dans ce cas vous ne faites qu'écouter.

J'ai haussé les épaules.

— C'est vrai.

— J'ai presque terminé. Cependant, malgré ces difficultés initiales, une poignée d'Inuits ont réussi à survivre. Ils sont même devenus les chasseurs de bélugas les plus avisés du Grand Nord, le talent naît souvent de l'adversité. Leurs familles se sont agrandies, ils ont commencé à prospérer, jusqu'à ce que l'industrie lourde accentue son emprise sur la région entraînant pollution et dérèglement du climat. La faune s'est raréfiée, les fiers chasseurs se sont retrouvés démunis, et nous voilà au présent, à ce jeune homme qui vous a demandé du feu. Vous me direz qu'il pourrait accompagner les touristes, sauf que bientôt ils n'auront plus rien à découvrir.

— Je peux y aller maintenant ?

— Bien sûr.

Il devait avoir envie de me fendre en deux avec une hache mais son éducation l'en empêchait. Le maire a surgi de l'attroupement, on aurait dit un buffle qui chargeait. Il a pris Lederman par le bras comme si je n'existais pas, et ils se sont éloignés.

Je me suis mis en mouvement vers la cabane où m'attendait mon camarade de travail. Je suis passé à hauteur d'un panneau qui recommandait de se méfier des ours. En deux jours à peine, j'étais passé du sable à la glace, du grand Sud au Nord le plus extrême. C'était assez violent. J'ai contourné une grande flaque où des chiens pataugeaient allègrement. L'un d'eux avait une cicatrice au niveau de la gorge et je me suis demandé s'ils organisaient des combats. J'ai porté le regard au-delà des dernières cabanes, dans ce désert glacé où l'hélicoptère allait bientôt me projeter. C'était peut-être le fruit de mon imagination, mais en plissant les yeux, je suis parvenu à discerner une ligne blanche qui m'a semblé être la banquise.

6

Gaude avait préparé un sac qui contenait tout ce dont j'aurais besoin au cas où se produirait cette fameuse bascule de température. Et par ailleurs il m'a recommandé de prendre soin d'un caisson adressé à l'équipage, une commande si j'ai bien compris, destinée à entretenir le moral des troupes.

L'hélicoptère nous attendait, posé sur une dalle de ciment, un Sikorsky biturbine, un engin puissant et robuste, que les compagnies utilisent en priorité. Le pilote était en train de boucler sa check-list, la casquette rabattue sur le nez. Il m'a fait signe de prendre place à ses côtés tandis que Gaude enfournait les sacs dans la soute. Mon métier m'amenait à fréquenter régulièrement des pilotes, et d'expérience, je pouvais affirmer qu'il en existait deux grandes catégories : les psychorigides, en général des anciens de l'armée, très sûrs dans leur manière d'opérer mais qui vous ordonnaient de vous asseoir au fond. Et l'autre catégorie, des baroudeurs parfois un peu fêlés mais nettement plus fréquentables à laquelle appartenait à l'évidence ce cher Bruce, puisque c'est ainsi qu'il s'est présenté. Il devait bien peser son quintal et pilotait pieds nus. « Sinon je ne sens pas la machine », a-t-il distillé d'un ton délicieusement nasillard. C'était ce qu'on appelle une personnalité. Il a synchronisé nos casques et rajusté la tension de mon harnais. Puis le temps de lancer les turbines et de vérifier les niveaux il m'a raconté une anecdote du temps où il travaillait pour une mine d'uranium dans le bush australien. Il avait chuté de trois cents mètres après que le rotor était tombé en rideau pour se crasher dans un marigot infesté d'alligators, mais il s'en était sorti sans une égratignure. Ceci dit pour me mettre à l'aise. J'ai remercié Gaude pour son accueil et le Sikorsky s'est arraché du sol. Il était treize heures trente, heure locale et aucun nuage n'encombrait le ciel. Les cabanes de Resolute sont devenues minuscules et nous avons longé la côte de l'île Cornwallis avant de mettre le cap sur Meighen.

Autant je n'étais pas fan des voyages en long-courrier que nous avions coutume d'appeler entre nous le « tuyau », autant j'adorais les convoyages en hélico pour la possibilité qu'ils offraient d'appréhender un terrain. Suffisamment rapides pour permettre une vision synthétique de la topographie, suffisamment proches du sol pour en mesurer les différentes strates. Comme il était prévisible, ce cher Bruce se souciait peu de l'altitude réglementaire, mais il maîtrisait son engin à la perfection. Il était originaire de Kodiak Island, l'île aux ours, et je me suis demandé s'il n'en était pas un lui-même tant chacun de ses gestes dégageait à la fois puissance et précision. Il m'a demandé d'où je venais et comme il avait aussi travaillé au Nigeria nous avons échangé quelques noms de bars, le genre de chose que les hommes font pour se détendre. Les rochers moussus de Cornwallis derrière nous, il s'est engagé au-dessus de la mer libre.

— Bon sang, il y a vraiment quelque chose qui cloche dans le coin, a-t-il grogné.

Il a souligné sa réflexion par un geste de la main embrassant l'ensemble du paysage.

— D'habitude en mai la glace est solide par ici. Les animaux en profitent pour se déplacer. Et là tu vois quoi ? Partout de la flotte…

Il est descendu encore un peu plus bas, à hauteur d'un chapelet d'îles. Le versant que nous présentait la première n'était plus qu'un éboulis de blocs acérés, probablement fendus par le gel dont il émanait quelque chose de sinistre.

— C'est Amund Island ! a précisé Bruce. L'été dernier, des touristes se sont réfugiés dans ces rochers. Une agence leur avait vendu un trek exceptionnel mais la tempête s'est levée, elle a soufflé cinq jours de suite. On savait où ils se trouvaient, sauf que personne n'a pu aller les chercher. Le sixième jour, le vent est tombé mais il était trop tard. On les a retrouvés froids.

J'ai pensé à la réflexion de Gaude à propos de l'aspect trompeur de l'été arctique.

— Tu vas rester longtemps à Meighen ? m'a demandé Bruce.

— Ça dépend.

— Y'a du pétrole ou pas, par là-haut ?

— Pour l'instant on cherche.

Il m'a jaugé d'un œil narquois.

— Si tu savais, tu me le dirais ?

— Non.

Il a éclaté d'un grand rire, avant de reprendre un peu d'altitude.

— Vous êtes tous pareils dans le pétrole ! L'autre fois j'ai embarqué un ponte de Texaco. J'ai essayé de l'asticoter à propos du puits qu'ils ont maintenant au nord de Devon, mais rien à faire.

— Ce n'est pas forcément le goût du secret, lui ai-je répondu. C'est un boulot qui rend prudent parce qu'on est très souvent déçu.

Ma réponse lui a probablement paru un peu facile mais il a laissé tomber. La seconde île était plate et entièrement recouverte d'un lichen qui lui donnait l'apparence de la rouille. Il devait y avoir du cuivre par ici. J'ai cru apercevoir un petit animal qui se faufilait entre les rochers.

— C'est un lièvre, a confirmé Bruce, s'il ne reste qu'une espèce en Arctique ce sera le lièvre, il résiste à tout. Les Inuits en sont friands, ils font mariner sa chair avec des baies qui lui donnent un goût sucré.

— On peut encore trouver des habitations à cette latitude ?

— Des sédentaires, non, c'est fini depuis longtemps. Mais tu peux croiser des chasseurs solitaires. Ils ont des cabanes dans lesquelles ils restent parfois des mois, parce que le coin est bon pour la pêche, ou pour se protéger du mauvais temps, mais c'est de plus en plus rare.

— Pourquoi ?

— Les jeunes n'ont plus envie de ça. Et puis vous avez fichu la pagaille !

Il était content de sa sortie. Il a gloussé longuement, ses yeux se sont presque fermés mais ça ne semblait pas le déranger pour piloter. Une falaise s'est dressée devant nous et il a ralenti l'allure pour l'approcher. Quelque chose l'intriguait mais j'avais beau scruter la paroi, je ne voyais pas quoi.

— Il y a quelque chose à voir ? ai-je fini par lui demander.

— Ça devrait être rempli de sternes. C'est le moment où elles nidifient.

— Elles ont peut-être trouvé un autre endroit...

— Impossible. Dans le coin, c'est la seule falaise orientée au sud.

— Ça n'arrive jamais qu'elles nidifient plus tard ?

— Elles ne feraient pas ça. Les petits doivent avoir au moins trois mois pour supporter le voyage vers le grand Sud.

— Alors c'est quoi ?

— Je ne sais pas.

Il ne blaguait plus tout d'un coup, il ruminait, puis il est passé à autre chose.

— Tu n'as pas un peu d'herbe par hasard ?

— Ah non.

— Un des gars du radeau en a tout le temps, il prétend que sans ça il ne tient pas.

— Désolé.

Nous survolions maintenant la banquise proprement dite et mon pilote a effectué un léger virage pour la contourner par l'est. Il avait raison, partout l'eau semblait gagner du terrain, fragmenter les majestueux canaux gelés qu'on appelait par ici des *channels* et qui portaient des noms de conquérants du pôle, Wellington, Peary et d'autres, Bruce s'est fait un plaisir d'en énumérer quelques-uns sans toutefois les épargner. D'après lui, c'étaient pour la plupart de grands mégalomanes, des fous furieux ignorant tout des lois naturelles et si la banquise avait pris leur vie, ça n'avait rien d'étonnant. En tenant compte du temps de vol on ne devait plus être très loin de Meighen et je cherchais dans ce néant ce qui pouvait ressembler à un îlot, quand mon pilote l'a désignée. Vue du ciel on aurait plutôt dit une presqu'île, une tête d'épingle, reliée à la banquise mère par un étroit cordon de glace.

— Ce serait possible d'en faire le tour ? ai-je demandé.

Je ne pouvais pas lui faire plus plaisir. Nous sommes passés à la verticale du radeau aux couleurs de la compagnie, orange et gris, puis Bruce a piloté à la limite du décrochage pour que je puisse observer le relief tout à mon aise. C'était du schiste, à ce que je pouvais en voir, des sédiments accumulés, et les eaux étaient suffisamment limpides pour que je reconnaisse un plateau sous-marin argileux.

— Ça va comme ça ? a demandé mon pilote.

— C'est parfait.

Il devait préférer les plateformes mais les radeaux en étaient dépourvus. Il a dû se poser sur la dalle rocheuse qui surplombait la baie.

— Je préfère te prévenir, je ne coupe pas les turbines, c'est mauvais pour la consommation.

— J'ai l'habitude, lui ai-je répondu.

Un membre de l'équipage était venu m'accueillir. Adossé à un véhicule équipé de chenilles, il a fait signe.

— Je serai sur Devon à partir de demain, a dit Bruce en me serrant la main. Mais le gars qui me remplace est au top.

— D'accord.

Il a maintenu les pales en rotation lente tandis que je sortais mes bagages et l'homme qui m'attendait m'a donné un coup de main. L'hélico a décollé avant même que nous n'atteignions l'autochenille.

— Le vol a été bon, ingénieur ?

— Impeccable.

— Je m'appelle Hardelot, a-t-il ajouté, je suis responsable du forage.

— Bauer, ai-je répondu. C'est une belle journée dites donc.

— On a ce temps-là depuis des semaines.

Il était taillé dans la masse comme presque tous ceux qui se destinaient au forage. La plupart pratiquaient la musculation ou des sports de combats, comme si pour se confronter à la roche il fallait un entraînement spécial. Il s'est installé aux commandes et je me suis agrippé à l'arceau de sécurité. Nous avons longé la crête et nous nous sommes engagés dans un étroit passage qui rejoignait le rivage de galets.

— Vous êtes là depuis combien de temps ? ai-je demandé à Hardelot.

— Trois mois. On avait piqué un peu partout et on se préparait à lever le siège quand Chassain a repéré un vide dans le quadrillage de la zone. Alors on a sondé une dernière fois, juste pour ne pas avoir de regrets. À quoi ça tient parfois…

Hardelot a rangé le véhicule dans un abri aménagé entre deux rochers et nous avons transféré mes bagages sur le dinghy.

7

L'Intrépide était comme posé dans la baie et tandis que nous l'approchions j'ai eu tout le temps de le contempler. J'avais vu des radeaux de cette génération en maquette, mais jamais à taille réelle. Même un Drill Ship, un bateau sonde, donnait l'impression d'être un porte-avions en comparaison de ces unités légères. Tout ce qui avait pu être éliminé, compacté, miniaturisé, l'avait été pour aboutir à cette merveille de technologie dont la conception avait coûté une fortune mais qui représentait une telle économie d'échelle que l'investissement ne se discutait pas.

Tandis que nous nous dirigions vers le radeau, j'ai laissé traîner ma main dans l'eau. Elle était quand même très froide et par endroits on pouvait voir une pellicule de glace se former.

— Comment va la capitale ? a demandé Hardelot.

— Je ne peux pas vraiment vous le dire, je n'y ai passé qu'une nuit.

— Vous arriviez d'où ?

— Du Nigeria.

— Putain de boulot, hein…

— En même temps, personne ne nous y oblige, ai-je rétorqué.

Un autre membre de l'équipage nous attendait à la poupe. Grand et sec, il s'est fendu d'un sourire un peu crispé.

— François Chassain, a-t-il décliné, je suis le géologue du bord.

Il m'a guidé jusqu'au sas qui donnait accès à la cellule de vie commune. Là aussi on voyait que le moindre centimètre avait été viabilisé, sans exclure un certain confort. Les cabines se situaient à l'entrepont et Hardelot a insisté pour descendre mon bagage en invoquant la traîtrise de l'échelle, ce qui fait que je me suis retrouvé seul avec Chassain, dont le regard luisait d'une fièvre que je connaissais.

— J'ai hâte de vous montrer ça, a-t-il dit.

Les relations avec les géologues en charge de l'exploration s'avéraient toujours un peu compliquées. D'un côté notre arrivée pouvait signifier leur triomphe, de l'autre, en cas d'avis défavorable, une terrible désillusion. En conséquence, ils nous adoraient et nous détestaient.

— J'ai vu que vous avez survolé l'île, voulez-vous faire une reconnaissance maritime ?

— Volontiers.

— Ensuite je vous ouvrirai le labo et vous verrez tout ce que vous avez besoin de voir.

— Où en êtes-vous avec la direction des sites ? ai-je demandé.

— Je dois rédiger un premier bilan, j'y travaillerai ce soir. Il est quasi-complet mais je voudrais y adjoindre un test de profondeur.

— Et vous le ferez quand ?

— Demain.

Le dénommé Villemotte, que je soupçonnais d'être également le fumeur d'herbe, a débouché de la coursive en salopette et sabots. Roux, la barbe foisonnante et le teint écarlate, il était l'opposé absolu de Chassain et aussi de son camarade culturiste, mais j'avais remarqué que les équipages les plus homogènes étaient souvent composés de profils on ne peut plus différents qui pour finir se complétaient.

— Ingénieur, je n'irai pas par quatre chemins, m'a-t-il lancé, vous avez un colis pour moi.

Je lui ai désigné le caisson dont il s'est aussitôt emparé avant de s'engouffrer dans la cuisine d'où il a continué de m'apostropher.

— Ne vous laissez pas faire par Chassain ! C'est un curé comme tous ces névrosés de géologues. Il va vouloir vous enfermer dans son foutu labo et vous pourrir la tête à coup d'analyses morphostructurelles !

Chassain s'est contenté de hausser les épaules, ce devait être leur jeu habituel, et Villemotte est réapparu un grand cru de Bordeaux en main qui provenait sûrement du caisson.

— Mais je vous sauverai, ingénieur ! Est-ce que vous aimez les pommes de terre sautées ?

— J'adore ça.

— À la bonne heure. Un peu d'humanité sur ce radeau ne fera pas de mal.

Chassain a libéré l'amarre et lancé le moteur du dinghy. L'eau était si claire autour du radeau que je pouvais voir la fameuse pieuvre en titane s'enfoncer dans les profondeurs marines.

— La particularité de ce réservoir, a commenté le géologue, la main sur l'accélérateur, c'est qu'il est incroyablement proche de la surface. On peut y voir une résonance de la dorsale Alpha qui commande la tectonique de la région. Selon toute vraisemblance, au niveau de Meighen, les plaques se sont dressées l'une contre l'autre et les hydrocarbures en ont profité pour voyager vers la surface jusqu'à buter sur le couvercle argileux.

— Vous avez daté les sédiments ?

— Ils ont plusieurs milliers d'années, pour vous donner une idée de la stabilité de la zone.

— Et que disent les courants ?

— Le flux principal vient du sud-est, cependant il est freiné par un système opposé qui longe les îles de la Reine-Élisabeth. La conséquence est ce calme quasi-parfait que nous avons ici, vous le sentirez en vous couchant. On a l'impression de dormir dans un lagon.

Aux abords de la péninsule le fond est devenu très proche. Il suffisait de se pencher pour contempler les déchets organiques, les plantes en train de se décomposer, tout ce qui à l'échelle du temps géologique finirait par résider dans la profondeur et sous l'effet de la chaleur interne de la terre se transformer en énergie fossile. Rien moins que le fondement de la société industrielle.

— Une observation, ingénieur ?

— Non, non, c'est juste mon esprit qui vagabonde.

— Je fais demi-tour ?

— Si vous voulez bien.

Nous avons longé le rivage à petite vitesse. Près du bord, l'argile s'amalgamait aux sédiments et il en résultait une sorte de ciment, tout semblait s'être ligué en ce lieu pour que le piège à pétrole se referme.

— En venant, nous avons survolé une falaise où les oiseaux sont censés nidifier, ai-je dit.

— Et vous les avez vus ?

— Ils n'étaient pas là.

— L'ornithologie est votre dada ?

— Non, mais je l'ai noté.

L'inquiétude a gagné le visage du géologue. Il devait se demander si je n'étais pas déjà en train de prendre parti contre sa découverte, de chercher les signes d'une éventuelle catastrophe. Depuis que l'avenir de la planète était devenu une question centrale, la compagnie avait enregistré des demandes de retraite anticipée et le pourcentage de dépressions avait considérablement augmenté parmi les personnels de terrain, preuve que le sujet impactait. Mais la rumeur courait aussi que certains employés avaient rallié la cause écologique et pouvaient aller jusqu'à saboter la machine industrielle de l'intérieur.

— C'était juste un peu de curiosité, vous savez, ai-je précisé.

Il a hésité un instant puis il s'est relâché.

— Oui, bien sûr.

— Si vous me montriez votre pépite ?

— Avec joie, a-t-il répondu en rougissant.

Nous sommes descendus au labo, une pièce relativement petite, mais remarquablement agencée et il est allé droit au grand tiroir où il entreposait ses carottages, puis il m'a fourni pince, écuelle, et il a déposé l'échantillon devant moi avant de se placer en retrait.

— Voilà, a-t-il dit, d'une voix qui se voulait la plus neutre possible.

Je me suis emparé d'une loupe et j'ai manipulé la roche, on aurait dit de la dentelle tant elle était poreuse.

— Vous voulez le coefficient de densité ? a suggéré Chassain.

— C'est un record j'imagine.

— 2,3 au centimètre carré.

— Vous avez piégé de l'huile ?

— Bien sûr.

Il m'a présenté une éprouvette et j'ai fait couler sur mon doigt une goutte du précieux liquide. Il se révélait plutôt clair, gras, singulièrement léger, il m'a rappelé une huile d'une qualité supérieure que j'avais palpée en mer de Cortez. À la différence près qu'il avait fallu l'extraire à trois mille mètres de fond alors qu'ici il suffisait presque de se pencher du radeau pour ramasser la mise.

— C'est remarquable, ai-je résumé.

— N'est-ce pas ?

— Vous êtes certain de la nécessité d'un nouveau carottage ? Il me semble que cet échantillon, le contexte physique…

— Je ne veux prendre aucun risque, a soufflé Chassain.

— Quand même, vous…

— Vous savez depuis combien de temps je travaille dans le Nord, ingénieur ? Sept ans, et jusqu'à présent rien qui vaille la peine. Sept années à se peler, à passer des nuits dans des containers, à se crever les yeux sur des cailloux, et là, je tombe sur ce gisement. Mais je sais aussi que nous sommes en Arctique et que la compagnie ne s'engagera qu'avec la conviction d'une découverte exceptionnelle. Je me trompe ?

— Non.

Il a porté la main à son front. Le néon accentuait les cernes qu'il avait sous les yeux. Il ne devait plus dormir depuis des jours, des semaines peut-être.

— Ce qui ne veut pas dire que je minimise l'importance de votre avis, a-t-il tenu à préciser.

— Je le sais, ne vous inquiétez pas.

— Vous pensez que je suis fou.

— Non. Je pense que vous avez fait un boulot formidable.

— C'est vrai ?

Son regard exprimait une douleur autant qu'un espoir.

— Si nous allions dîner ? ai-je suggéré.

8

Gaude avait pensé à tout, au vin, au fromage, même au pain qu'il avait fait venir de France, quand à Villemotte il n'était pas qu'une grande gueule, il cuisinait à merveille. Lui et Hardelot étaient de bons compagnons, ils savaient vivre en collectivité, rire et raconter des histoires, remplir les verres quand il fallait. Par le hublot on pouvait contempler la baie et je me suis rendu compte que la lumière commençait à décliner. Tous ont vu que je m'en souciais.

— C'est très simple ingénieur, a dit Villemotte en écartant un peu son assiette. À cette époque de l'année la nuit dure environ quatre heures, d'accord ? Mais il faut nuancer car avant l'obscurité complète elle baisse en intensité plus lentement qu'à nos latitudes, et le même phénomène se produit pour le retour au jour.

— Ce qu'il veut dire, a relayé Hardelot, c'est que vous allez garder les repères auxquels vous êtes habitué, une alternance entre le jour et la nuit.

— Ce qui ne serait pas le cas en plein hiver…

— D'accord.

À la moitié du repas le géologue a commencé à sourire un peu bêtement en faisant semblant de s'intéresser à la conversation puis il s'est mis à regarder fixement au-delà de nous. La dernière boîte au fond du caisson contenait un gâteau de chez Lenôtre et des bougies, avec un mot : « Pour fêter ce que vous voudrez. » Mais Chassain n'a pas voulu qu'on les utilise, pas question de crier victoire avant l'heure. Quand il s'est levé en nous annonçant qu'il devait travailler à son rapport, personne n'en a été surpris.

Nous sommes restés tous les trois et j'ai bu de la liqueur, on était quand même au bout du monde. Villemotte a proposé une partie de cartes que j'ai acceptée à la condition de pouvoir me retirer au bout de trois tours, mais à peine avais-je entamé le second que j'ai commencé à piquer du nez. Heureusement, ils ont eu pitié de moi.

— Je crois que l'ingénieur est cuit, a fait remarquer Hardelot à son camarade.

— Ouais, a répondu Villemotte. Vous devriez aller vous coucher mon cher, mais un conseil, prenez une douche avant de vous glisser dans le duvet. Elles sont brûlantes et c'est la garantie d'une bonne nuit.

— Vous n'êtes pas rationné en fuel ? me suis-je inquiété.

— Sûrement pas. On a bien trois mois d'avance et si je peux me permettre, au train où vont les choses on sera relayés bien avant ça, est-ce que je me trompe ?

Son œil était goguenard, il tentait de me faire parler.

— Allez ingénieur... C'est un secret de polichinelle.

Je me suis levé et j'ai senti un léger tangage mais ce n'était pas que le radeau.

— Vous n'obtiendrez rien de moi, ai-je proclamé avec un peu de solennité jouée.

— Voilà de nobles paroles.

— Moquez-vous !

L'idéal aurait été de suivre la recommandation de Villemotte mais je ne me voyais pas remonter un couloir à la recherche des douches jusqu'à ce que je réalise que chaque cabine en était équipée. Radom était vraiment aux petits soins pour ses équipes de prospection.

Effectivement l'eau s'est révélée bouillante. Je l'ai laissée s'écouler sur ma nuque, jusqu'à ne plus penser, puis je me suis séché vigoureusement avant d'enfiler les sous-vêtements adaptés aux grands froids fournis par la compagnie et de me glisser dans le duvet. Chassain avait raison, le radeau était comme posé sur un lac. Je me suis tourné un peu sur le côté, c'est de cette manière que je m'endors le mieux, et j'ai vu qu'un précédent usager de la cabine avait gravé une inscription sur le montant de la couchette. « On cherche toujours/ août 2017 ». Je n'ai pu m'empêcher de sourire puis ma tête m'a semblé très lourde. Gaude m'avait juré que j'entendrais craquer la banquise une fois arrivé à Meighen, mais c'était plutôt le clapot qui venait lécher la coque. C'est la dernière chose dont j'ai eu conscience avant de sombrer.

Une voix m'a réveillé un peu plus tard, plus exactement deux voix qui se répondaient avec une brutalité surprenante. Était-ce Hardelot et Villemotte qui s'accrochaient pour une histoire de tricherie aux cartes ? Ça m'a semblé improbable au vu de ce que j'avais perçu de leur relation mais d'un autre côté quelle autre raison pouvait expliquer ces cris ? J'ai replacé mon oreiller sans m'inquiéter plus que ça. Ils étaient loin de chez eux depuis longtemps et il arrivait que d'excellents équipiers se battent pour un coup de dé au bout de plusieurs mois de campagne, le lendemain tout était rentré dans l'ordre. Le silence s'est fait de nouveau et j'ai consulté mon portable. J'avais dormi deux petites heures mais j'en ressentais déjà le bénéfice. J'ai rajusté le duvet pour m'y ensevelir presque entièrement. C'est alors que l'explosion s'est produite.

La déflagration a été si forte que j'ai volé de ma couchette pour heurter la cloison opposée et me retrouver dans la travée. La première chose qui m'est venue à l'esprit était qu'il s'agissait d'un à-coup de pression, le pire qui puisse arriver sur une plateforme, un réservoir insuffisamment purgé dont le gaz se libérait sans prévenir mais il aurait fallu pour cela que Chassain décide d'un test d'extraction, et je ne le voyais pas commettre une telle folie si près du but. Le choc contre la paroi m'avait sonné et j'ai eu le plus grand mal à m'extirper du sac de couchage. J'ai tâtonné dans le noir pour trouver l'interrupteur mais apparemment le circuit avait sauté. J'ai pris conscience que le radeau commençait à gîter, je devais sortir de là, et vite.

Je me suis précipité vers la porte mais elle était bloquée par quelque chose qui devait obstruer le couloir et mon rythme cardiaque a sérieusement augmenté. J'ai commencé à mettre des coups de pied dedans mais à l'évidence ça ne servait à rien. J'ai entendu s'élever de nouveau la voix d'Hardelot, sans toutefois distinguer ce qu'il criait, puis de nouveau plus rien. J'ai réalisé que j'étais en sous-vêtements et vivement enfilé la combinaison qui se trouvait dans le grand sac, glissé mes pieds dans les brodequins, trouvé des gants, quand la seconde explosion s'est produite. Je me suis retrouvé de nouveau projeté dans l'espace mais cette fois mon crâne a heurté la paroi. J'ai titubé, cherché un appui, et ma main s'est posée sur la poignée de la porte qui s'est ouverte d'un coup.

Dans le couloir la chaleur s'est comme jetée sur moi et j'ai dû faire un immense effort pour me convaincre que ce qui m'entourait était bien la réalité. L'extrémité de la coursive n'était plus qu'un trou béant d'où s'échappaient d'énormes flammes. Je me suis agrippé aux barreaux de l'échelle pour rejoindre le pont supérieur, ils étaient déjà brûlants, mais ce n'était rien à côté de la température qui régnait au-delà. J'ai avalé de l'air toxique et j'ai failli vomir. Ce qui restait de la cellule de vie donnait une idée de la puissance de l'explosion. On pouvait voir le ciel par le toit éventré et l'avant du navire n'était plus qu'un brasier.

La seule issue était la poupe où j'ai rampé à travers des débris de toutes sortes pour atteindre le sas. Ma main tremblait tellement que je n'arrivais pas à pousser le levier. Est-ce que cette porte était bloquée, elle aussi ? J'ai donné un coup d'épaule et le panneau a basculé. Je me suis retrouvé sur le pont et une chose m'a frappée aussitôt, une vision. L'enfoncement du radeau dans le lagon, il était déjà très avancé. Ou étaient passés mes compagnons ? Il n'y avait de trace de vie nulle part et l'idée s'est imposée à mon esprit qu'ils avaient quitté le bord. La raison des cris que j'avais entendus n'était pas une dispute mais probablement un sauve-qui-peut. J'ai scruté les eaux qui m'entouraient à la recherche de leur présence et mes yeux se sont posés sur le dinghy, il dérivait, vide, mais ça ne prouvait rien. Ils avaient tout aussi bien pu enfiler des gilets à la hâte, sauter à l'eau et rejoindre le rivage. J'ai cherché une présence humaine de ce côté-là mais je n'en ai trouvé aucune. Une nouvelle explosion s'est produite, cette fois j'ai cru passer par-dessus bord.

Je ne parvenais pas à accepter d'être l'unique survivant et tandis que le radeau s'enfonçait encore j'ai tenté une ultime exploration. Du fuel, de l'huile, mélangés aux cendres, recouvraient tout, rendaient chaque pas incertain. J'ai buté sur un obstacle et me suis affalé de tout mon long en poussant un cri de rage. Ce n'était pas tant que j'avais mal mais je me sentais humilié. J'ai eu envie de frapper cet obstacle qui m'avait fait trébucher et puis soudain j'ai réalisé que c'était un corps qui se trouvait là, coincé sous une poutrelle, un corps recouvert de poussière, d'huile, au point qu'il était difficile à identifier. Je me suis penché et j'ai reconnu Chassain, mon Dieu dans quel état il était...

— Où sont-ils ? lui ai-je demandé.

Ses yeux ont exprimé de la colère, comme si j'avais proféré une obscénité. Une nouvelle explosion a secoué le radeau, ça ne s'arrêtait plus, et j'ai vu la terreur envahir le visage de mon compagnon. Il devait voir sa fin sous cette poutrelle.

J'ai pris appui où je pouvais et commencé à la soulever. Ce n'était pas tant son poids le problème mais elle m'échappait des mains. J'ai essuyé le métal avec le revers de ma combinaison et donné tout ce que j'avais, par chance j'ai réussi du premier coup. J'ai empoigné Chassain sous les épaules mais dès que j'ai commencé à le soulever il a poussé un gémissement de douleur. Je ne savais plus ce que je devais faire, le laisser, le déplacer, quand une vague de feu est arrivée par l'avant, si proche que j'ai senti mes cheveux griller. Sans plus réfléchir je l'ai extirpé de là en me préparant à ses hurlements, sauf que cette fois il est resté muet, j'ai compris qu'il avait perdu conscience.

Il fallait maintenant nager jusqu'au dinghy. D'une certaine manière le naufrage m'a aidé, je n'ai eu qu'à pousser le corps pour qu'il se retrouve à flotter et je me suis laissé glisser à ses côtés. Voilà, nous étions dans l'eau. L'embarcation était restée proche et j'ai pu l'atteindre en quelques mouvements. Je me suis hissé dans le pneumatique puis j'ai agrippé Chassain pour le faire basculer à l'intérieur. Nous nous sommes retrouvés collés l'un à l'autre, entre-temps il avait repris connaissance et me fixait.

— Ça va aller maintenant, lui ai-je dit, mais je n'y croyais pas.

Il restait à lancer le moteur et j'ai cru que j'allais arracher la poignée du lanceur tellement je voulais m'éloigner du radeau. Il a démarré au troisième coup. J'ai navigué vers la berge à petite vitesse, attentif à tout, je ne voulais pas qu'un rocher affleurant, un débris, nous fasse échouer si près du but. J'ai entendu un bruit sinistre dans mon dos, la structure supérieure du radeau devait s'effondrer.

Une fois à proximité du rivage il restait à hisser le dinghy sur les galets. J'ai cru ne jamais y parvenir, le laisser filer dans la baie avec ce corps dedans, mais j'ai jeté mes dernières forces et dans mon élan j'ai basculé en arrière. Je me suis retrouvé sur le dos, le visage face au ciel. Des larmes coulaient sur mes joues mais la colère a pris le dessus. J'ai poussé un hurlement qui a dû résonner dans toute la baie.

Tout ce temps j'avais martyrisé mon corps et maintenant il se rappelait à moi. Ma hanche était terriblement douloureuse, mon bras droit me donnait l'impression d'être déchiré à la hauteur de l'épaule, un liquide tiède suintait dans mes cheveux. J'ai porté la main à mon crâne, c'était du sang. J'ai pensé à Chassain. Est-ce qu'il allait tenir le coup ?

Il aurait fallu que je me rapproche du dinghy, que je me redresse pour le voir, lui parler, l'encourager, mais je n'en avais pas la force.

9

C'est la sensation de froid qui m'a ramené à la conscience. Je m'étais endormi dans des vêtements gorgés d'eau, ils avaient séché en partie, mais maintenant que le soleil avait disparu une fine pellicule de givre se déposait sur moi, la température de mon corps chutait rapidement.

Je me suis relevé avec difficulté, ma hanche était toujours douloureuse, mon épaule aussi, mais j'allais devoir faire avec ce corps-là. Et Chassain ? Je me suis approché du dinghy et j'ai pris appui sur le bord de l'embarcation. Il n'était plus là. L'espace d'un instant, j'ai craint le pire. Il pouvait s'être jeté à l'eau par désespoir, et puis j'ai vu les traces de sang. Il y en avait sur l'autre bord, parmi les galets à proximité, dans la direction des falaises. J'ai marché en suivant ces traces et de l'autre côté d'un amas de rochers j'ai retrouvé mon compagnon. Il avait parcouru une trentaine de mètres et gisait sur le ventre. Je me suis agenouillé près de lui. Sa tête était un peu enfoncée dans les galets et je l'ai retourné avec précaution. Au moins, il respirait. Il devait avoir une bonne raison de faire un tel effort et j'ai cherché vers quoi il se dirigeait, puis j'ai vu l'autochenille un peu plus haut dans son abri.

J'ai délaissé Chassain provisoirement pour m'intéresser au véhicule et recenser ce qu'il contenait. Sous la plateforme arrière un bidon de carburant était entreposé dans un caisson où se trouvaient aussi des sangles, des outils et une fusée de détresse. Je me suis hissé au niveau du poste de pilotage. Le vide-poches placé sous le guidon contenait une lampe frontale, un thermos, des lunettes de soleil, des gants, un briquet, et même un revolver et une boîte de cartouches. Mais la découverte la plus précieuse, je l'ai faite ensuite. Un coffre était aménagé derrière le siège du conducteur et il contenait une pharmacie, des barres de céréales, des pâtes de fruits et un jerrican d'eau qui m'a semblé tout à fait consommable. J'étais loin d'en espérer autant.

De retour auprès de mon camarade, je l'ai adossé à un rocher pour le faire boire. Il recrachait, toussait, et j'ai mis un temps infini à lui faire avaler une simple gorgée. J'ai tenté d'évaluer sa blessure en écartant ses vêtements avec le plus de délicatesse possible. La poutre avait entaillé son flanc droit sur une bonne dizaine de centimètres.

Mais il n'y avait pas que cette vilaine plaie, son abdomen entier était marqué et je me suis demandé si la masse métallique en le pressant n'avait pas endommagé des organes vitaux. J'ai désinfecté ce que je pouvais en utilisant presque toutes les compresses, le flacon d'alcool, et comme la pharmacie de secours contenait aussi un rouleau de bandage j'ai pu lui gainer le ventre. Son front était brûlant. Que pouvais-je faire de plus ? Un feu.

Tandis qu'Hardelot me convoyait entre l'hélicoptère et le dinghy j'avais remarqué des arbustes qui croissaient à l'abri des failles rocheuses et pour peu qu'ils soient assez secs ils feraient l'affaire. En atteignant la crête je n'ai pu m'empêcher de jeter un regard sur la dalle où Bruce m'avait déposé, il y a combien de temps ? Des siècles.

J'ai collecté des sarments, parfois ils venaient avec la racine, parfois il fallait les casser, puis j'ai déposé cette précieuse récolte au pied de mon camarade et je me suis servi du gasoil. Très vite, des flammes se sont élevées. Comme c'est étrange, le feu. Comme il peut être amical, ou un danger mortel, au gré des circonstances. La lumière avait considérablement faibli et j'en ai déduit que nous étions entrés dans cette période qui précédait la courte nuit. Nous avions de quoi lutter contre le froid, répondre à une fringale et nous pouvions nous défendre contre les prédateurs. Nous n'étions pas en si mauvaise posture, du moins j'ai essayé de m'en convaincre. C'est alors que mon camarade a poussé un grognement et que ses yeux se sont ouverts en grand.

J'ai eu l'impression dans un premier temps qu'il ne me reconnaissait pas et se demandait ce qu'il faisait là, puis la réalité l'a rattrapé et ses yeux se sont brouillés de larmes.

— Tu veux boire ? ai-je demandé.

Il a hoché la tête et s'est saisi du gobelet. Je ne voulais pas poser de questions mais il s'est mis à parler. Être encore en vie devait l'étonner lui-même, il semblait porté par une sorte d'excitation.

— Tu te demandes où sont les autres ? a-t-il articulé.

— Oui.

— Hardelot, mort dans la première explosion. Villemotte a voulu rejoindre le dinghy mais il a coulé à pic. Ils avaient trop bu.

— Mais enfin que s'est-il passé ?

Son visage calciné s'est teinté d'une ironie douloureuse.

— Un court-circuit.

— Tu veux dire qu'il y a eu un incendie ?

Il a hoché la tête.

— Et les alarmes, les sécurités ?

— Rien n'a marché. La chaleur s'est accumulée dans le local technique. Et après…

— La première explosion, c'était quoi ?

— Le réservoir de fuel. Après, tout s'est enchaîné.

— Tu veux une barre de céréales ?

— Non. Encore de l'eau…

Je me suis empressé de remplir le gobelet. Cette fois il l'a avalé d'un trait.

— Il faut partir, a-t-il dit.

— Partir où ?

— Le puits d'extraction le plus proche est une station russo-américaine, à la pointe d'Isachsen.

— Je ne suis pas certain que ce soit une bonne idée, ai-je répondu.

Il s'est emparé de mon bras, il avait encore de la force, et m'a regardé avec une intensité extraordinaire.

— Ils vont mettre des jours…

Il avait fait le calcul. Gaude n'allait pas s'inquiéter tout de suite, ça, c'était certain. Les équipes d'exploration avancée étaient conçues pour être autonomes. Si la procédure recommandait une vacation toutes les 72 heures, en pratique, elle était fréquemment reportée, à cause des conditions météo, de déficiences temporaires dans la couverture satellite, sans que cela provoque forcément une alerte.

— Quatre jours ? cinq jours ? a-t-il murmuré.

J'aboutissais au même résultat.

— D'ici là, je serai mort.

— Ne dis pas ça, je vais te soigner.

— Avec la pharmacie ? Elle est déjà presque vide… Le puits est à deux jours d'ici, peut-être moins. De là-bas on pourra appeler.

— Et si on ne le trouve pas ?

— Il suffit de traverser le *channel*, c'est facile.

Il avait fait appel à ce qui lui restait d'énergie pour me convaincre, maintenant il était épuisé. Je l'ai aidé à se rapprocher du feu. Le froid devenait plus présent, il nous cernait comme un ennemi invisible et n'attendait qu'une chose, que les flammes perdent en intensité pour lancer une attaque. J'ai rajouté du bois et recouvert mon compagnon avec ma veste. Je savais qu'il me regardait, qu'il attendait une réponse, mais la décision était difficile. Une des premières choses que la compagnie recommandait, en situation de détresse, était de garder sa position, mais d'un autre côté, sans antibiotiques, sans chirurgie dans un délai rapide, Chassain ne pourrait pas survivre.

Je me suis installé de l'autre côté du feu et nous sommes restés dans ce silence ponctué par les seuls craquements du bois. À mesure que mes yeux s'habituaient à l'obscurité je discernais mieux le paysage glaciaire. Dans la baie, à l'endroit où le radeau avait sombré, de l'huile brûlée stagnait en surface et des débris flottaient. C'était tout ce qui restait du radeau, de ce triomphe de la technologie qu'un simple incident ménager, on pouvait l'appeler ainsi, avait détruit en un instant.

— On partira quand il fera de nouveau jour. Ai-je décidé.

Je ne suis pas parvenu à m'endormir, non pas à cause du froid, les braises étaient encore actives, mais habité par cette horrible sensation d'avoir été comme éjecté par un canon sur cette plage de nulle part. Maintenant que le vacarme de l'incendie s'était tu, que les flammes et les explosions avaient été avalées par les eaux, je prenais réellement conscience de ce qui venait de nous arriver.

Chassain semblait avoir trouvé une position, les jambes repliées contre son ventre, qui lui procurait un peu de repos, peut-être aussi que les antidouleurs agissaient. J'allais entreprendre cette traversée dont je mesurais mal la difficulté, avec un homme blessé très gravement que je connaissais à peine. Depuis que je travaillais pour Radom, par deux fois j'avais été confronté à un danger, mais jamais de cette ampleur. Au Mali, lors d'un convoyage entre deux sites, nous avions essuyé un vent de sable d'une violence inouïe, puis en mer du Nord, nous avions été évacués en urgence d'une plateforme dont la structure était fragilisée. Chaque fois j'avais pu constater qu'essayer de prédire le comportement des individus dans ces situations extrêmes était voué à l'échec. On pouvait voir des spécialistes du baroud, ceux-là mêmes qui vous racontaient leurs aventures en boucle à la cantine, s'effondrer nerveusement, alors que des hommes au profil modeste se révélaient plus solides que prévu. À quelle catégorie appartenions-nous ? Bien malin qui pouvait le deviner.

10

Le jour a commencé à poindre et j'ai ressenti malgré tout un soulagement. Jusque-là je n'avais fait que ressasser, m'inquiéter, spéculer, j'allais pouvoir agir. Mon compagnon avait raison, le mieux était de prendre en main notre destin. J'ai rempli le réservoir de l'autochenille à ras bord et arrimé solidement le bidon de réserve. J'ai soulevé le capot du moteur pour vérifier que tout était en ordre côté mécanique puis j'ai rassemblé ce qui pouvait nous être utile et réorganisé les coffres. Chassain était toujours recroquevillé sur lui-même mais ses yeux étaient grands ouverts, il semblait lucide.

— Tu vas me sangler sur la plateforme, a-t-il dit.

— D'accord. Comment allons-nous trouver le puits ?

Il a dégrafé sa montre et me l'a tendue.

— C'est une boussole aussi. Reste calé au 260. Mais de toute façon si tu vises la pointe d'Isachsen, tu tombes dessus.

— Tu te sens comment ?

— C'est bizarre. C'est intolérable et en même temps j'arrive à l'accepter. Mais j'ai l'impression que je ne tiendrai pas longtemps.

— On part quand tu veux.

— Maintenant.

J'ai rapproché l'autochenille et je l'ai aidé à se hisser sur la plateforme. Tandis que je le sanglais, il a grimacé.

— Je te fais mal ?

— Non, ce n'est pas ça. Tu te rends compte qu'à un jour près, c'était gagné.

— Oui.

J'ai pris le chemin qui menait au plateau rocheux à la plus petite vitesse possible. Si l'engin se conduisait avec facilité, en revanche son confort était équivalent à zéro. Mon compagnon allait en baver.

— Tu peux accélérer, m'a-t-il dit, comme s'il anticipait ma préoccupation.

Un pont naturel reliait l'île à la calotte principale. Il ne devait pas mesurer plus de deux mètres de large en certains endroits. J'ai pensé un instant descendre du véhicule pour reconnaître le terrain, puis j'y ai renoncé. De toute façon nous n'avions pas le choix, il fallait passer ou envisager un voyage à pied, autant dire, vu l'état de mon camarade, une expédition impossible.

Dès que je ralentissais, le véhicule commençait à gîter, et si la chenille touchait l'eau, c'était foutu. J'ai été soulagé d'atteindre la banquise mère. Comme la luminosité augmentait, je me suis arrêté pour bander les yeux de Chassain. Nous n'avions pu sauver du désastre qu'une paire de lunettes et s'il gardait les yeux ouverts ils risquaient d'être endommagés. J'en ai profité pour prendre un cap. J'avais déjà voyagé de cette manière, dans le désert, et ce n'était pas spécialement difficile. Il fallait juste ne pas relâcher son attention et prendre garde aux variations du terrain, mais ici ce ne devait pas être un problème, en tout cas je l'ai cru jusqu'à ce que je découvre la réalité du relief auquel nous allions être confrontés. Vu d'hélicoptère, le *channel* m'avait semblé une plaine glaciaire uniforme mais maintenant que je m'y engageais je pouvais constater qu'il n'en était rien. Les blocs s'opposaient, s'amoncelaient, jusqu'à former des amas de glace aléatoires qui constituaient à certains endroits de véritables zones de franchissement. Heureusement, il y avait des accalmies, des plaques ayant résisté à la pression offraient des espaces qui permettaient de progresser d'un coup de plusieurs centaines de mètres, mais j'ai vite compris que la traversée n'allait pas être aussi simple que mon compagnon l'avait présentée. Nous avons taillé notre route à travers ce chaos pendant deux bonnes heures et plus nous progressions dans ce paysage, plus j'éprouvais sa démesure. Ce n'était pas comme de traverser un glacier, même gigantesque. Garder des repères, donner une échelle à cette exploration s'avérait impossible et j'éprouvais la sensation de m'aventurer sur une autre planète, de devoir accepter une forme d'inconnu. J'ai décidé de faire une pause pour voir où en était mon passager. J'ai dénoué le bandeau qui protégeait ses yeux et compris à la dureté de son regard qu'il était préférable de ne pas parler de son état, de se contenter de lui donner à boire. Puis nous sommes repartis, chacun prisonnier de ses pensées.

Les obstacles diminuaient en importance et notre progression en était facilitée mais je n'étais pas rassuré pour autant car il me semblait, par endroits, entendre des coups sourds monter des profondeurs de la glace. Était-il possible que la masse liquide soit si proche ? Pendant la première année de ma formation, j'avais appris des généralités sur la banquise, qu'elle pouvait atteindre plusieurs kilomètres de profondeur dans ses parties les plus anciennes, mais qu'à d'autres endroits son épaisseur ne dépassait pas quelques mètres, au point qu'on pouvait la voir se distordre. La question était de savoir à quel cas de figure nous étions confrontés et je n'en avais aucune idée.

C'est peu après que je les ai vus. Deux loups au milieu de nulle part, comme accouplés. C'était un spectacle étrange. Ce qui de loin semblait une étreinte résultait d'un combat sans merci. L'un des loups avait saisi l'autre à la gorge, mais son adversaire s'était défendu et l'avait éventré de ses griffes, pour finir tous deux gisaient dans leur sang glacé. J'ai ralenti à leur hauteur et mon compagnon s'en est inquiété.

— Tu as vu quelque chose ?

— Des loups, mais ils sont morts.

Il ne m'a rien répondu et je n'éprouvais pas le besoin de détailler la scène. Des animaux qui ne se reproduisaient plus, d'autres qui s'entretuaient, tout cela ne me disait rien qui vaille, mais c'est peu après que les choses ont encore empiré. Au-delà d'un amas de glace semblable à un petit col, nous nous sommes retrouvés face à une étendue d'eau libre qu'il a fallu contourner, puis très vite une autre est apparue, toutefois moins grande, et une troisième un peu plus loin.

— Qu'est-ce que tu fous ? a dit Chassain, qui s'inquiétait de mes changements de direction.

— Il y a de l'eau.

Ce n'était peut-être qu'un phénomène isolé ? Je me suis nourri de cet espoir en m'efforçant de reprendre mon cap mais bientôt j'ai dû me rendre à l'évidence, l'eau libre avait colonisé le *channel* tout entier, il n'était plus question de détour mais de se frayer un chemin dans ce dédale, à nos risques et périls. Évidemment notre progression s'en est ressentie car il ne s'agissait plus que d'éviter les pièges et de tenter d'anticiper les impasses. Il a fallu faire une première fois demi-tour, j'ai frôlé la catastrophe en découvrant au tout dernier moment une faille liquide capable de nous engloutir et j'ai fini par accepter de réduire encore mon allure. J'ai roulé de cette manière aussi pénible que peu efficace tant que j'ai pu, puis la lumière a commencé à décliner. Il était temps de bivouaquer. De toute façon j'étais à bout et j'imaginais l'état de mon compagnon.

— Qu'est-ce que ça donne ? ai-je demandé en le libérant des sangles.

Pour toute réponse il a émis un gloussement étrange. Son visage se creusait de plus en plus mais ses yeux luisaient d'une flamme ardente, comme s'il s'alimentait de l'adversité pour se forger une volonté sans limite.

Par chance la météo était clémente, car j'imaginais ce que pouvait représenter un coup de vent sur un terrain aussi peu protégé. Nous avions suffisamment de bois pour alimenter un petit feu et j'ai calé mon compagnon contre le véhicule. Nous avons partagé les fruits séchés et bu avec parcimonie.

— Il y a longtemps que je ne suis pas allé au siège, a dit Chassain, la photo d'Hessinger est toujours accrochée dans le hall ?

— Oui, ai-je confirmé.

Anton Hessinger détenait et de loin le record du nombre de puits en activité, liés à ses découvertes. Il était l'archétype du pionnier, ouvrant la voie à de nouveaux territoires, en Indonésie, en Australie, il avait été un des tout premiers à croire en l'offshore, et même après sa retraite il était resté pour la compagnie un conseiller spécial dont l'aura continuait de s'exercer sur les nouvelles recrues. Il était mort dans son lit, entouré des siens, couvert d'honneurs, à 97 ans.

— Tu sais, a continué mon compagnon, j'ai tout donné à ce travail. Ma femme m'a quitté et ma fille ne veut plus me voir.

Il s'est interrompu pour ne pas se retrouver submergé par l'émotion mais j'ai deviné ses pensées. Si sa photo avait pu se retrouver à côté de celle d'Hessinger, sa fille l'aurait mieux compris, et peut-être même sa femme.

— Je te donne les antibios ?

— Non, garde-les encore.

J'ai proposé de changer son pansement mais il a refusé. Ce devait être tellement douloureux qu'il craignait de ne pas tenir. Il regardait fixement vers l'ouest.

— S'il y avait encore de la lumière on verrait Isachsen, a-t-il affirmé, demain on la verra.

— Et si la débâcle augmente encore ?

— Impossible, elle ne remonte jamais jusqu'ici.

— Pourtant on dirait bien qu'elle est là.

— C'est peut-être le passage d'un courant chaud. Ça peut arriver.

Je n'avais pas envie de le contredire, il était en campagne dans le Nord depuis longtemps et puis ça m'aurait servi à quoi ? Faire marche arrière à ce stade relevait du non-sens, nous n'avions tout simplement plus assez de carburant et encore moins de vivres pour retourner à Meighen, notre seul salut c'était le puits. Je l'ai aidé à retrouver cette position qui semblait lui convenir et il s'est endormi, épuisé de lutter. Je suis resté seul à regarder le feu. Au fond, mon état d'esprit n'était pas si éloigné de celui de mon compagnon. Aussi traumatisants que puissent être les événements qui nous avaient projetés dans ce néant je m'accrochais moi aussi à ce but élémentaire, rejoindre cette station, informer la compagnie que nous étions vivants, attendre un hélicoptère qui viendrait nous arracher à ce monde hostile. Toute autre considération se trouvait repoussée à plus tard.

11

C'est Chassain qui m'a réveillé en me poussant de sa botte. La courte nuit était déjà finie et tout ce qu'il voulait c'était que nous partions, voir poindre l'île à l'horizon. Son visage continuait de se transformer, surtout son regard, de plus en plus énigmatique comme s'il devenait quelqu'un d'autre. Nous avons mastiqué nos dernières provisions en silence et je l'ai aidé à s'installer sur la plateforme. En plaçant les sangles, j'ai vu ce qu'il cherchait à me cacher, sa plaie saignait de nouveau.

— On devrait vraiment refaire le pansement, lui ai-je suggéré.

— Non, a-t-il répondu sèchement. On avance.

— Comme tu veux.

Le réservoir de carburant était presque vide et j'y ai versé le bidon de réserve. Nous savions tous deux à quoi nous en tenir, il ne fallait plus que la débâcle rallonge notre route. J'ai rangé nos affaires dans les caissons tandis que le moteur chauffait. La brume assiégeait le *channel*, pour discerner les contreforts d'Isachsen il allait falloir attendre.

Nous avons progressé dans le froid et l'humidité jusqu'à la mi-journée. Le soleil était bien présent, sa course identifiable, mais il était comme étouffé par la brume qui ne se levait toujours pas. Je devais me montrer très prudent, évaluer constamment l'épaisseur de la glace tout en déviant le moins possible de notre cap. Régulièrement, Chassain me demandait si j'apercevais l'île et plus le temps passait plus sa voix devenait agressive. Enfin le voile qui recouvrait toute chose s'est dissipé et Isachsen s'est dessinée dans le lointain, longue et peu montagneuse. Pour la première fois depuis l'explosion j'ai cru que nous pouvions nous en sortir. Nous allions revoir des hommes, pouvoir soigner mon compagnon, communiquer notre position. Il fallait juste que la banquise tienne encore un peu.

J'ai proposé une courte pause que bien sûr Chassain a refusée. S'il avait pu m'éjecter du poste de pilotage pour s'emparer des commandes et pousser le moteur à fond quitte à lui faire rendre l'âme, il l'aurait fait. Je me suis fixé comme repère l'extrémité de l'île et bientôt j'ai vu se dresser, dix degrés plus au nord, la structure métallique de la station.

— Je la vois ! me suis-je exclamé, tandis que dans mon dos répondait un grognement.

J'ai dû m'arrêter malgré tout pour une chenillette qui battait un peu trop fort. Tandis que je cherchais les outils afin de resserrer les broches j'ai vu qu'il était vraiment temps d'arriver. Chassain s'agrippait aux sangles et regardait fixement le ciel.

Nous nous sommes encore rapprochés et j'ai pu détailler plus précisément le puits, pas seulement le derrick, mais les baraquements qui l'entouraient. Était-il possible qu'ils nous aient repérés à la jumelle ? Ils avaient sûrement mieux à faire. Au sortir d'un passage délicat j'ai débouché sur une étendue de glace comme j'avais perdu l'espoir d'en retrouver, j'ai pu accélérer. Enfin, nous touchions au but. Je me suis retourné pour partager cette émotion avec mon camarade et il a levé le bras, il comprenait ce qui se passait, la fin de son calvaire était proche. J'ai repris ma position et c'est là que j'ai vu la crevasse. Tout mon corps s'est crispé face à la catastrophe imminente. L'obstacle était trop large pour être franchi et trop proche pour que je puisse encore m'arrêter, le piège était parfait.

J'ai tenté une manœuvre désespérée en imprimant un mouvement au guidon suffisamment sec pour que l'engin parte en travers, j'escomptais qu'il soit freiné par sa propre masse mais je n'ai pu éviter le pire, ce trou béant dans lequel nous avons basculé. Dans un premier temps l'engin s'est maintenu à flot mais ce n'était qu'un sursis. Je me suis précipité sur les sangles pour libérer mon compagnon et le hisser sur la rive mais quand j'ai voulu revenir en arrière pour récupérer ce qui pouvait l'être encore, l'autochenille s'est dressée, sûrement à cause de l'eau qui envahissait ses entrailles, puis elle a disparu d'un seul coup dans le piège liquide. Je me suis assis à côté de Chassain qui s'était allongé sur le dos et happait de l'air.

— Je suis désolé, ai-je simplement dit.

— Ce n'est pas toi, c'est la banquise, a-t-il soufflé.

— Je vais te porter.

— Non ! Va les chercher.

Il n'avait pas tort et je m'apprêtais à le quitter quand il m'a rappelé.

— Attends !

— Quoi ?

— Le revolver.

— Pour quoi faire ? Il n'y a plus d'animaux.

— Et les loups, rien ne prouve qu'il s'agissait des derniers ! a-t-il répliqué.

J'ai placé l'arme dans sa main. Son visage semblait se liquéfier mais il souriait comme s'il avait passé un nouveau seuil vis-à-vis de la douleur.

— Je fais vite, ai-je lâché.

— Je sais.

Je me suis remis en route, porté par une rage immense, je m'en voulais tellement. Il s'en était fallu d'une fraction de seconde pour que nous soyons déjà en lieu sûr et mon compagnon pris en charge. J'ai contourné une autre crevasse où des poissons morts s'étaient accumulés le ventre laiteux tourné vers le ciel. Toute trace de vie avait-elle quitté ce monde ? Il restait un talus à franchir et de l'autre côté la station s'est trouvée devant moi.

Il régnait un silence absolu sur le site et les grilles étaient grandes ouvertes. Je me suis efforcé de ne pas tirer de conclusion hâtive car il arrivait que les stations suspendent leur activité pour des raisons de maintenance, ou parfois même, si le travail était fait, pour fêter un départ. Cependant plus je m'approchais, plus l'odeur du pétrole était suffocante, je ne me souvenais pas qu'elle était puissante à ce point lorsque l'extraction avait commencé. J'ai pénétré dans la cour, parcouru du regard les baraquements, les structures de forage, cherché en vain une présence humaine. Plus j'avançais plus mes jambes peinaient à me porter. Il ne s'agissait pas de vérifications, ni même d'une panne, la vie avait quitté ce lieu, le puits était tout simplement abandonné. Pire, il n'avait pas été sécurisé et pour une raison qui m'échappait le pétrole avait continué de s'écouler, assez longtemps pour envahir les installations et poursuivre son chemin vénéneux dans les glaces.

Quelle nouvelle horreur allais-je découvrir ? ai-je pensé en me dirigeant vers les bâtiments. J'ai poussé la porte de ce qui devait être le poste de commandement. Il était dépouillé de tout ce qui pouvait avoir une utilité, mais ce n'était pas seulement ça. L'état d'insalubrité dans lequel il se trouvait dépassait l'entendement et l'exploration des autres blocs n'a fait que confirmer ce sentiment de débandade qui émanait de toute l'installation. Des placards renversés, des vitres brisées, des fils électriques à nu, des monceaux de déchets. Les hommes qui travaillaient ici avaient bafoué les règles élémentaires de notre profession qui voulaient qu'on mette un point d'honneur à laisser derrière soi des installations viables et sécurisées, mais c'était allé encore plus loin. Sur le mur de la salle commune une tête de mort avait été grossièrement peinte et plus rien d'intact ne subsistait du mobilier, fracassé, comme par une mutinerie. Et dans la cour qui prolongeait les cuisines, des têtes de chien émergeaient d'une poubelle. Le personnel avait-il manqué de nourriture au point de perdre la raison ?

Je suis revenu au niveau du puits pour tenter de comprendre. La fuite incontrôlée du pétrole s'était forcément produite après l'abandon de la station, je refusais de croire à une autre possibilité. Le tube avait dû céder sous la pression, probablement à cause des valves de sécurité qui n'avaient pas rempli leur rôle, mais ce qui restait incompréhensible à mes yeux, était que les responsables du site n'aient pas pris la précaution de mettre fin à l'exploitation, purement et simplement, en coulant du béton à l'endroit du forage, comme on le fait partout dans le monde dans de telles circonstances. Parce qu'ils avaient l'intention de revenir ? Mais alors pourquoi ne pas laisser sur place un groupe restreint, une relève, afin d'assurer un minimum de surveillance ? Les questions s'accumulaient, sans réponse, jusqu'à ce qu'un éclair de lucidité me traverse et que je perçoive le ridicule de ma condition. Je tentais de percer l'énigme posée par cette station comme un expert en mission, alors que je n'étais plus qu'un naufragé dont les compagnons étaient morts et qui se retrouvait au bout du chemin. Tout d'un coup j'ai pensé à Chassain. Sous le choc, je l'avais un instant oublié. Le pire n'était pas cette découverte, mais d'en être le messager.

J'ai d'abord cru ne pas le retrouver. Le soleil rasant auquel je faisais désormais face me privait de tout repère. J'ai marché au jugé mais je crois que je me serais égaré si je n'avais pas recoupé mes traces. Une fois dans la bonne direction, j'ai pu accélérer l'allure et mon compagnon m'est apparu. Il se tenait au bord de la crevasse, un peu comme un pêcheur à la ligne, sauf que ce qu'il tenait en main n'était pas une canne mais le revolver et que ses jambes pendaient dans l'eau glacée. J'ai ralenti jusqu'à m'arrêter. Il me regardait fixement, il était évident qu'il avait déjà tout compris. Il exprimait une souffrance infinie, puis soudain il s'est éclairé d'un sourire, comme s'il s'allégeait d'un poids qu'il portait depuis trop longtemps. Il a ôté la sécurité du revolver, enfourné le canon dans sa bouche, et la détonation a retenti dans l'immensité. Son corps a basculé. Le temps que j'arrive aux abords du trou, que je m'agenouille, il avait déjà disparu sous la glace, emporté par les courants.

À l'endroit où il s'était tenu, ne subsistaient de lui qu'une flaque de sang et le pansement qu'il avait arraché. Il avait eu tout le temps de comprendre, tandis que j'explorais le puits, que sa fin approchait. Ce qu'exprimait mon visage, au retour, n'avait fait que le confirmer.

Je me suis redressé, d'un coup, comme si j'avais peur de basculer à mon tour. Cette spirale du malheur n'avait-elle pas de fin ? Tout s'était ligué contre nous pour aboutir à ce désastre et j'étais le prochain sur la liste. Chassain avait disparu, je n'avais ni véhicule, ni arme ni nourriture et le jour commençait à baisser. La folie rôdait, je la sentais proche, mais je ne devais pas la laisser s'emparer de moi. Je devais prendre une décision, m'y tenir, continuer d'avancer, mais vers quoi ?

L'idée même de retourner à la station me répugnait. Bien plus encore que la banquise, elle me semblait synonyme de mort. J'ai porté le regard vers le sud où se dessinaient les contreforts d'Isachsen. Il était évident que mon unique chance de survie se trouvait de ce côté. Pour peu que cette île ressemble aux terres que nous avions survolées lors du convoyage vers Meighen, on pouvait sûrement y trouver du bois, du petit gibier, et peut-être même une cabane. À quelle distance se trouvait-elle ? Quelques kilomètres, pas davantage, et si j'y mettais l'énergie nécessaire je devais pouvoir l'atteindre avant la nuit.

12

Je me suis mis en mouvement d'un pas que je voulais volontaire, mais aussitôt des images m'ont assailli. Tout ce que j'avais refoulé dans cette quête éperdue remontait à la surface. L'explosion, le feu, la fuite en dinghy, cette tragédie de la débâcle et le corps supplicié de Chassain, la façon dont il avait basculé dans le trou d'eau, son visage ravagé par la douleur, mais aussi ceux d'Hardelot et de Villemotte, si joyeux de profiter de ce colis venu de France, je luttais pour éloigner ces visions qui se télescopaient, menaçaient ma raison. Je me suis efforcé de compter chaque pas, c'était peut-être stupide mais j'y voyais le moyen de reprendre possession de l'instant présent.

De ce côté, la banquise semblait plus stable et j'ai pu progresser sans trop de difficultés, accomplir quasiment la moitié du chemin jusqu'à ce que je remarque une subtile évolution de sa partie supérieure. On aurait dit qu'elle perdait de son éclat et l'odeur du pétrole était toujours très présente alors que pourtant je m'étais éloigné considérablement de la station. En observant de plus près la texture de la glace, j'ai remarqué que des veines grisâtres la parcouraient. J'ai repris ma marche en avant mais plus je progressais, plus ce réseau souterrain se densifiait et j'ai résolu d'entailler la croûte glacée de la pointe de mon couteau. La lame est ressortie poisseuse et l'angoisse s'est emparée de tout mon être. La nappe était là, sous mes pieds, elle m'accompagnait. J'ai songé à dévier de ma route mais c'était encore plus problématique à pied qu'en autochenille et rien ne me garantissait d'échapper à l'huile. Je devais continuer, coûte que coûte, avec cette menace qui courait sous mes pieds, tenter d'en faire abstraction et me focaliser sur mon but.

Les derniers rayons du soleil frappaient les rochers à la base de l'île, on devait pouvoir s'y abriter, y faire un feu. Je m'accrochais à ce fragile espoir quand j'ai perçu un craquement sec, l'instant d'après j'étais sous l'eau.

Je ne sais pas ce qui m'a le plus effrayé, me débattre dans cette poisse immonde ou bien qu'elle soit recouverte d'un dôme opaque, mais la combinaison des deux était terrifiante. Le pire était que dans l'affolement j'avais perdu de vue l'issue du piège. Je me suis heurté à la glace plusieurs fois, j'ai cogné, griffé la paroi, jusqu'à ce que je sente au bout de mes doigts le bord de l'orifice et que je m'en extraie, mû par une force insoupçonnée.

Je me suis retrouvé sur le ventre, crachant et brassant la banquise comme si j'étais encore sous l'eau. J'ai tenté de me relever mais le moindre mouvement est devenu problématique et j'ai réalisé pour quelle affreuse raison. Avec la lumière qui baissait, la température était en chute libre et la pellicule d'huile dont j'étais prisonnier était en train de se cristalliser. Elle ralentissait mes moindres gestes et bientôt elle allait me paralyser. Un rire nerveux s'est emparé de moi. J'allais mourir comme un de ces oiseaux piégés par le mazout, après avoir consacré toutes ces années à la recherche du précieux or noir. Finalement c'était lui qui m'avait trouvé.

J'ai posé le crâne à même la croûte gelée. Mon père au pied de son arbre, ma mère à ce carrefour, et moi dans ce néant, à quoi bon lutter contre sa destinée. J'ai entamé un voyage dans le temps. J'avais six ans et mes pieds nus se faufilaient entre les rochers gréseux de ma Bretagne natale. Je ramassais des berniques, parfois avec un peu de chance j'attrapais une étrille, et des vaguelettes fouettaient mes mollets, j'étais un aventurier et le monde m'appartenait.

Je me suis demandé ce qui allait lâcher en premier, mon cœur ou mon cerveau. J'étais pour ainsi dire accouplé à la banquise et je percevais le moindre de ses mouvements, lorsqu'un son lancinant a pris le pas sur tous les autres. On aurait dit un frottement qui n'avait de cesse de s'amplifier, de se rapprocher. Au prix d'un effort considérable je suis parvenu à relever le menton. Étais-je victime d'une hallucination, comme il s'en produit paraît-il à la toute fin ? Il m'a semblé qu'un homme venait vers moi. C'était peut-être un de ces chasseurs solitaires que Bruce avait évoqués ? J'ai voulu lever le bras pour lui faire un signe mais l'implacable gangue m'en empêchait. J'ai voulu crier mais aucun son n'est sorti de ma gorge, puis tout s'est obscurci.

Lorsque j'ai repris conscience un peu plus tard, il m'a semblé un court instant que j'avais entamé un voyage astral, mais la réalité était plus prosaïque. J'étais ficelé sur un traîneau, et si les étoiles me tenaient compagnie, c'était parce que la nuit était tombée.

En inclinant un peu la tête je pouvais voir la côte de l'île, à sa base une sorte de bourrelet de neige la séparait de la banquise. Mais pourquoi mon sauveur m'avait-il attaché ? Sûrement pour éviter que je ne roule sur le côté. Il prenait soin de moi. Même en me tordant le cou je n'avais aucune chance de voir à quoi il ressemblait mais je m'en faisais une idée à partir de quelques indices. Son pas était rapide et la traction constante, j'imaginais quelqu'un de vigoureux. Je percevais son souffle régulier et de temps à autre il grommelait. Il devait être contrarié et il y avait gros à parier que j'en étais la cause. J'avais dû déranger ses plans, l'obliger à revenir à son abri prématurément. C'est alors qu'il a fait halte et j'ai pensé que nous étions arrivés à destination. Je ne le voyais toujours pas, mais j'entendais qu'il creusait la neige. Il devait aménager un chemin vers sa cabane qui se situait probablement dans les hauteurs, c'est du moins ce que j'ai cru jusqu'à ce qu'il me détache, m'empoigne et que je me retrouve au fond d'un trou, qu'il m'ensevelisse.

Isachsen

1

Une sensation de chaleur, c'est ce que j'ai ressenti en revenant à la vie. Je respirais un air imprégné de tourbe et de bois consumé. Quant à mes yeux ils ne me brûlaient plus mais ce n'était pas tout, cette horrible odeur de pétrole qui me collait à la peau avait disparu. Apparemment, le linceul de neige avait produit son effet et le chasseur m'avait enterré vivant dans mon propre intérêt. Pour le reste je me trouvais dans une cabane et des peaux recouvraient mon corps.

Ma première réaction a été de chercher ma combinaison, comme si elle représentait ce qui restait de mon identité, puis je me suis souvenu à quel point elle avait été souillée. J'ai découvert à mes pieds d'autres vêtements, une parka, une salopette, et compris qu'ils m'étaient destinés. Je me suis habillé consciencieusement en m'estimant heureux que le chasseur et moi ayons à peu près la même taille et j'ai pris le temps de m'habituer à l'univers qui m'entourait. Les murs étaient constitués de pierres plates et le toit charpenté par du bois flotté. Des sarments se consumaient dans une vasque de stéatite occupant le centre de l'espace, juste en dessous d'un étroit conduit qui permettait à la fumée de s'évacuer. De la viande séchée pendait du plafond et des harpons de différentes tailles se dressaient contre le mur. Le chasseur avait installé sa couche de l'autre côté du foyer, sur une sorte d'estrade et je m'en suis approché. Il avait rassemblé des outils qui devaient servir à façonner les peaux, de quoi coudre et s'éclairer, mais aussi des objets personnels, un couteau qui semblait redoutable, un pot à tabac et plusieurs sortes de pipes. J'ai soudain éprouvé le besoin de me situer dans le temps mais si la boussole fonctionnait encore, la montre de Chassain s'était arrêtée, probablement à cause de mon bain forcé. Toutefois la lueur qui provenait du conduit me donnait le sentiment qu'il faisait jour. Je me suis engagé dans le tunnel d'entrée de la cabane et de l'autre côté, ai fait face à l'immensité.

La cabane était établie sur la rive est de l'île et dominait tout le paysage glaciaire. Une petite communauté avait vécu dans ce lieu, à en juger par l'autre habitation qui se trouvait à proximité. Toutefois elle semblait en piteux état. J'ai marché jusqu'à la pointe de ce qui constituait une terrasse naturelle et scruté les alentours jusqu'à repérer un point sur la glace, minuscule, mais qui se détachait dans la lumière. C'était forcément le chasseur. Je me suis engagé dans la pente pour rejoindre la banquise et aller à sa rencontre. Je cherchais déjà les mots pour exprimer ma reconnaissance, mais plus je m'approchais, plus cette silhouette m'intriguait. Par sa taille, déjà, même si les Inuits étaient plutôt petits, mais surtout par une sorte de finesse qui émanait d'elle et qui ne correspondait pas aux vêtements que je portais désormais. Encore quelques pas et j'ai dû me rendre à l'évidence. Mon sauveur était une femme.

Je me suis senti déstabilisé pour aussitôt me le reprocher. Les lectures que je m'étais accordées dans l'avion, à propos du monde inuit, faisaient état de l'émancipation accélérée des femmes, à bien des égards plus combatives que les hommes et résistant beaucoup mieux qu'eux aux ravages de l'alcool et de l'oisiveté. Une pipe et un harpon avaient suffi à me maintenir dans l'erreur, j'étais bien un incorrigible Occidental. Je me suis arrêté à petite distance, afin d'exprimer une forme de politesse. En quelle langue devais-je m'exprimer ? L'Inuite taillait la glace à l'aide d'un grand couteau, on aurait dit que je n'existais pas. J'ai accompli trois pas de plus, en me demandant comment me présenter, mais c'est elle qui m'a pris de court.

— Donne-moi ce seau, a-t-elle dit, en restant concentrée sur sa découpe.

Une femme, et qui parlait le français. J'allais de surprise en surprise. Elle a senti que je marquais une hésitation.

— Je connais trois langues en dehors de la mienne, si tu veux savoir, a-t-elle ajouté.

— Mais comment…

— Comment j'ai su que tu étais français ? Un Américain m'aurait parlé très fort et de loin, un Russe m'aurait demandé si j'avais du tabac.

Quelque chose de farouche émanait d'elle et comme pour le souligner, une profonde cicatrice traversait sa joue.

— Merci de m'avoir sauvé, ai-je dit, et aussi pour ces vêtements…

— Ce n'est pas pour toi que je l'ai fait, m'a-t-elle rétorqué, je n'ai pas voulu que tu puisses me hanter. Et ces vêtements étaient dans la cabane avant moi. Celui qui vivait là n'est jamais revenu d'une chasse à mon avis, c'est lui que tu dois remercier.

Sa rudesse ne devait pas me surprendre, j'étais le représentant des envahisseurs qui souillaient son monde.

— Que s'est-il passé dans cette station ? ai-je demandé.

— Tu ne le sais pas ?

— Non.

Elle s'est arrêtée un instant.

— Alors qu'est-ce que tu faisais là ?

— Je viens d'un îlot plus à l'est...

— Tu travailles dans le pétrole toi aussi ?

— Oui.

Elle ne me lâchait pas des yeux maintenant. Elle me transperçait.

— Tu n'es pas en Arctique depuis longtemps.

— C'est vrai, mais je connais mon métier. Ce qu'ils ont fait...

Elle s'était redressée d'un coup, j'ai eu l'impression qu'elle allait me mordre.

— Rends-toi utile, a-t-elle tranché en me désignant les morceaux qu'elle avait prélevés.

Elle est passée devant moi, le visage fermé, et j'ai compris ce qu'il me restait à faire, empoigner le seau et la suivre.

Je me suis engagé dans le tunnel et le temps que je me rétablisse elle m'a pratiquement arraché le seau des mains. Tandis que la glace se transformait en eau, elle taillait des bardes de lard.

— Alors, toi aussi tu travailles dans une station...

Elle ne me regardait pas et je pouvais détailler son visage. On aurait dit un masque qui dissimulait toute émotion.

— Ce n'en était pas encore une, ai-je répondu. À ce stade c'était de l'exploration.

— Tu es un chercheur.

— On peut dire ça.

Elle a hoché la tête.

— J'ai connu un Français. Il étudiait le climat mais il ne sortait jamais de son baraquement, toujours à rédiger des rapports, le nez sur ses appareils de mesure. Un jour il est parti se promener et il n'est jamais revenu. La tempête l'a tué. Avec tous ses instruments, il ne l'avait pas vue venir.

— Vous dites ça pour moi ?

Elle a pris le temps de chercher son tabac et d'allumer une pipe.

— Peut-être…

— Vous avez raison, je n'ai rien vu venir.

— Est-ce que tu fumes ?

— J'avais du tabac dans ma combinaison.

— Je l'ai brûlée après t'avoir sorti du trou.

— Je comprends.

— Non tu ne comprends pas. Et je ne partagerai pas mon tabac avec toi, parce que je n'ai pas encore décidé si tu étais un ennemi ou si je pouvais te faire confiance.

— D'accord.

Régulièrement, sa pipe s'éteignait et elle la rallumait en utilisant une pierre à feu. Quand l'eau est arrivée à ébullition, elle a jeté dedans toutes sortes d'herbes, puis elle a remué doucement ce mélange. Le silence est devenu pesant et d'un coup elle s'est levée pour empoigner sa besace et disparaître dans le tunnel. Je suis resté devant ce feu, un peu hébété, tandis que l'odeur de la soupe envahissait l'espace puis j'ai quitté l'abri à mon tour, cette conversation ne devait pas en rester là.

J'ai cherché sa silhouette au-delà des cabanes, et comme je ne la trouvais pas sur la glace j'ai résolu de m'aventurer sur la colline. Une couche de neige ancienne recouvrait les mousses, et les traces encore fraîches de l'Inuite s'y inscrivaient. Je les ai suivies jusqu'à la crête, puis je l'ai longée. Je me suis élevé progressivement jusqu'à ce qui devait être le point culminant de l'île, un volcan vaincu par l'érosion d'où on pouvait contempler la région. En son centre, un imposant rocher semblait comme tombé du ciel, à sa base était érigé ce que j'ai pris de loin pour un simple tas de cailloux mais qui se trouvait être en réalité une statuette composée de pierres plates, assemblées avec inspiration et qui représentait un petit homme, prodigieusement émouvant.

— Tu n'as rien à faire ici, a dit l'Inuite dans mon dos.

Elle avait surgi de nulle part et je lui ai fait face. Son regard était presque menaçant. Du bois mort dépassait de son sac et elle portait à bout de bras un lièvre ensanglanté.

— Je suis désolé… je…

— Qu'est-ce que tu me veux ?

— Vous parler.

— Nous l'avons fait.

— Il y a une chose dont je…

— Tu te demandes comment rentrer chez toi.

— C'est vrai.

Elle a ricané.

— Tout homme devrait savoir ce qui est possible.

— Je ne comprends pas…

Elle m'a regardé droit dans les yeux.

— Tu ne pourras pas.

— Vous voulez dire que…

— Je t'ai demandé de quitter ce lieu, a-t-elle coupé sèchement.

— Vous n'allez pas m'aider.

— Il ne s'agit pas de ça.

— De quoi, alors ?

Pour toute réponse elle m'a tourné le dos et je suis resté planté là comme un idiot, avant de me décider à la suivre.

Un temps elle est redescendue parmi les arbustes, elle devait visiter d'autres pièges et il m'a semblé qu'elle arrachait des racines, plus loin elle a récolté des baies. Elle ne paraissait nullement pressée de rentrer. J'ai calqué ma progression sur la sienne, toutefois je gardais mes distances et s'est installé comme un jeu. Dès qu'elle faisait halte je m'accroupissais et je me contentais de l'observer tandis qu'elle m'ignorait complètement, ou du moins donnait cette impression. Et quand elle se déplaçait j'attendais un peu pour le faire à mon tour.

La lumière commençait à décliner quand elle a repris le chemin de sa cabane tandis que je restais à méditer. Elle me mettait à l'épreuve, comme les autochtones sont enclins à le faire, j'avais connu cette situation en différents endroits. Il fallait juste l'accepter.

Quand je l'ai rejointe dans la cabane, elle s'employait à dépecer le lièvre. Son visage était plus que jamais fermé et j'ai jugé plus prudent de prendre place de l'autre côté du foyer. Le silence ne faisait qu'accentuer la tension qui s'était installée entre nous. Je savais qu'insister comportait un risque, mais de mon point de vue je n'avais pas le choix.

— Vous voulez parler de la débâcle, ai-je commencé. Je l'ai rencontrée dans le *channel*, et…

— Tu ne comprends rien, a-t-elle coupé, entre ici et le continent ce n'est pas la débâcle. C'est l'océan.

— L'océan ?

— Oui.

C'était comme si j'avais reçu un coup de poing dans l'estomac. J'ai vacillé mais je me suis repris.

— J'ai survolé la banquise en hélicoptère, il y avait beaucoup d'eau, c'est vrai, mais aussi des étendues solides, ai-je argumenté.

— Plus à l'est sûrement, mais pas de ce côté.

— Vous voulez dire que je vais devoir attendre l'hiver pour passer ?

— L'hiver n'y changera rien.

Il y avait une lueur d'ironie dans ce regard et j'aurais juré qu'elle s'amusait de cette situation.

— Expliquez-moi une chose… il y a bien un moment où vous allez rentrer ?

Elle a tiré la peau de l'animal d'un coup sec.

— Ce n'est pas prévu.

— Pas prévu ?

— Non.

— Vous vous moquez de moi.

— C'est ton monde qui a fait les choses ainsi. Tu ne peux t'en prendre qu'à toi-même.

— Conneries !

Toute la douleur, la frustration que j'avais accumulée explosait, alors qu'à l'opposé, l'Inuite restait de marbre.

— C'est impoli ce que tu fais, s'est-elle contentée de dire.

— Je m'en fous ! Je vais vous dire ce qui va se passer. Vous allez m'aider, croyez-moi. Parce que sinon je vais porter plainte. Vous entendez ? Vous n'avez pas le droit de m'abandonner ici ! Ce n'est pas… légal !

Ses yeux se sont plissés davantage.

— Légal ?

— Parfaitement. Je porterais plainte et vous ferez de la prison. Vous vous croyez tout permis mais il y a des lois !

— Parle moins fort.

— Je parlerai fort si je veux !

D'un coup je l'ai vue se redresser, son grand couteau à la main.

— Sors de cet endroit, a-t-elle dit d'une voix sourde.

J'ai réalisé que j'étais allé trop loin.

— Écoutez…

— Sors.

2

Je me suis retrouvé au dehors, tiraillé entre des sentiments contradictoires. D'un côté je m'étais comporté comme un parfait idiot en laissant mes émotions prendre le dessus alors que je dépendais tellement de cette femme, mais de l'autre ma colère me semblait légitime. L'Inuite s'était moqué de moi depuis le début en affirmant ne m'avoir sauvé qu'eu égard à ses croyances, puis en me comparant à ce météorologue incapable de regarder le ciel, et pour finir en prenant un malin plaisir à m'ôter tout espoir d'un retour. La vérité était qu'elle ne cherchait qu'à m'humilier. Ma réaction venait de là, d'un besoin de lui tenir tête, ne serait-ce que pour préserver un semblant de dignité. Soudain elle a surgi du boyau et jeté à mes pieds deux grandes peaux, une pierre à feu et un couteau, puis désigné l'autre cabane.

— Estime-toi heureux de ne pas dormir dehors, a-t-elle grondé avant de se replier dans le tunnel.

Je suis resté seul face au ciel muet, à la colline que le vent parcourait, puis j'ai ramassé ce qu'elle m'avait légué et je suis parti à la découverte de mon nouveau chez-moi. Évidemment, c'était mieux que rien, cependant rendre ce lieu habitable nécessitait un peu de travail.

Un trou énorme réduisait le toit de moitié, l'un des murs s'était effondré, des pierres jonchaient le sol et le gel avait brisé la vasque centrale, les intempéries rongé les bâtis. J'ai commencé par reconstituer le mur, puis décidé d'utiliser les longerons de l'estrade pour colmater un peu le toit, réaménagé le foyer et mis à niveau la terre battue. J'ai passé une bonne partie du jour à ces modestes travaux. Les caches de nourriture étaient vides, je ne m'attendais pas à autre chose, mais j'ai quand même récupéré un harpon qui semblait très ancien, une besace qui devait être en peau de caribou, des ustensiles de cuisine et une gamelle. Il me restait à faire un feu, et à régler la question de la nourriture.

Je suis retourné sur la colline et pour ce qui était du bois mort, j'ai trouvé ce qu'il me fallait sur l'autre versant.

Régulièrement je me postais dans la pente, à l'affût du moindre animal, mais ma seule présence avait dû tous les faire fuir. J'ai cependant continué d'explorer et tandis que je m'aventurais dans un buisson d'épineux, j'ai presque buté sur un terrier.

Voilà qui augmentait sérieusement mes chances. Je me suis accroupi à distance et j'ai résolu d'attendre le temps qu'il faudrait. Le locataire du lieu pouvait se trouver à l'intérieur, dans ce cas il finirait par en sortir, ou bien lui aussi courait la colline et il rentrerait au bercail à un moment ou à un autre. J'ai patienté jusqu'à la tombée de la nuit et le découragement commençait à me gagner, quand soudain j'ai vu frémir un buisson, et bientôt, la tête d'un lièvre apparaître. Comme je me trouvais entre l'animal et son terrier, je devais contrarier ses plans, il hésitait. Si j'avais une chance de l'attraper, c'était maintenant. Je me suis jeté sur lui et dans un premier temps, l'effet de surprise a fonctionné. Il est resté tétanisé et j'ai pu me saisir d'une de ses pattes, je n'y croyais pas moi-même, je le tenais, mais c'est alors qu'il m'a mordu et s'est libéré de mon emprise. Pour autant je n'avais pas l'intention de m'avouer vaincu et je me suis lancé à sa poursuite. La morsure, les épineux, je m'en fichais, je croyais pouvoir encore gagner la partie, d'autant plus qu'il devait s'être blessé en se débattant. À chaque impulsion il trébuchait, se rattrapait, mais ne parvenait pas à me distancer. Je l'ai poursuivi de cette manière presque jusqu'au bas de la pente, il allait forcément faiblir, mais à un moment mon pied s'est coincé dans une souche et je me suis affalé de tout mon long. Le temps que je me redresse, l'animal avait disparu.

J'ai continué de le chercher, je refusais d'abandonner, mais il avait dû trouver une autre cache et de toute façon la nuit tombait. Je suis revenu à hauteur du terrier pour récupérer mon sac de bois, j'ai ramassé quelques herbes à la hâte, au moins je pourrais essayer de faire une soupe.

Je m'étais éloigné dans ma traque bien plus que je ne pensais et quand je suis parvenu à la cabane, la nuit s'était installée et la température s'en ressentait. Heureusement le bois était très sec et les flammes se sont élevées presque aussitôt.

Une fois les braises obtenues j'ai fait fondre la glace et jeté les herbes, puis je me suis occupé de ma couche. Le bâti de bois qui occupait le fond de la cabane semblait encore assez stable et je devais juste le déblayer des débris qui s'y étaient accumulés. Je m'y employais quand j'ai entendu un grand fracas dans mon dos. Le colmatage que j'avais opéré au niveau du toit s'était effondré, renversant le contenu de la gamelle et étouffant le feu.

Ma condition de naufragé se révélait dans toute sa cruauté. Il était inutile de me mentir, je ne deviendrais jamais un chasseur et cette cohabitation forcée ne menait nulle part. Rester pour reprendre des forces ? C'était une autre illusion ! Chaque jour qui passerait ne ferait que m'affaiblir davantage, accentuer mes doutes. Je devais réagir sans attendre, c'est ce qui m'a semblé soudain évident. J'avais survécu à l'explosion, à la débâcle, à mon propre poison sécrété par la station, et maintenant j'affrontais le jugement de cette femme, pour ne pas dire son hostilité. Est-ce que j'allais baisser les bras ? Assurément, non, je devais reprendre ma marche en avant. Bien sûr, l'orgueil influait sur cette décision, mais ce n'était pas un acte irraisonné non plus. On pouvait déjà considérer que jusqu'à la pointe d'Isachsen, j'étais en sécurité, et que si je parvenais à atteindre les îles qui précédaient Resolute, j'aurais fait le plus dur.

Je me suis recroquevillé contre le mur, enveloppé dans la peau. Par le toit de nouveau béant je pouvais voir scintiller les étoiles. J'ai perçu un bruit de pas au-delà de la pierre, s'éloignant vers la colline, et j'ai pensé aussitôt à cette statuette que l'Inuite m'avait demandé de ne plus approcher. J'aurais juré qu'elle lui rendait visite et peut-être même était-ce l'explication de sa présence en ce lieu. Cependant j'ai très vite chassé ces spéculations. À quoi bon chercher à comprendre cette femme ? Demain je serai loin.

3

Aux premières lueurs de l'aube je me suis mis en action, je ne voulais pas laisser de place au doute. J'ai rassemblé ce qui semblait utile au voyage, la peau pour m'envelopper dedans, de quoi bivouaquer, le harpon, qui sait si je ne serais pas content de l'avoir, en cas de mauvaise rencontre. Et quand j'ai émergé de l'abri, j'ai vu l'Inuite assise sur son banc de pierre, plus impassible que jamais.

— Alors tu t'en vas, a-t-elle constaté.

— Oui.

Il ne fallait pas compter sur elle pour exprimer une émotion.

— Tu devrais prendre un peu de nourriture.

— Je peux me débrouiller seul, ai-je réagi.

— Tu sais bien que non.

Pour finir j'ai accepté un morceau de viande séchée, mais j'ai bien pris soin d'éviter son regard. Dans mon esprit j'étais déjà parti. C'était un peu puéril, j'en avais conscience, mais elle était responsable de cette situation autant que moi, et c'était aussi ce qui me permettait d'aller de l'avant.

J'ai dévalé la pente, atteint la banquise, calé le sac à mon épaule et laissé les cabanes derrière moi. Pour la première fois depuis l'accident je me sentais maître de mon destin et tout me semblait conforter mes choix. Je n'étais pas confronté à une navigation complexe. Je ne niais en rien la présence de la débâcle, mais nous étions malgré tout parvenus à traverser le *channel*, et si mon compagnon n'avait pas été blessé si gravement, il serait encore à mes côtés. Quant au réchauffement accéléré du climat il n'avait pas que des inconvénients. Il me préservait de températures auxquelles je n'étais pas préparé et aussi longtemps que ce serait le cas, je me trouverais dans une relative sécurité.

J'ai marché ainsi tout le jour et ce n'est que lorsque le soleil a commencé de s'approcher de l'horizon que l'extrémité sud d'Isachsen m'est apparue. L'endroit était parfait pour bivouaquer et prendre un peu de repos avant d'attaquer la grande traversée.

J'ai trouvé suffisamment de bois pour faire un feu, et mâché la viande. Je me suis installé au pied d'un rocher pour me protéger du vent. Je ressentais de l'excitation, bien plus que de la fatigue, et je n'avais qu'une hâte, continuer ma progression au-delà de l'île, voir poindre au loin des maisons, la civilisation.

Je percevais les craquements des pierres, sans être véritablement éveillé. Au loin résonnaient des coups de canon. Des blocs devaient se détacher à la pointe de l'île. Il faisait trop doux. Je me déplaçais dans différentes dimensions. J'étais dans un grand magasin en train d'acheter un canapé qui m'était soudain devenu indispensable, et j'hésitais pour la couleur, puis je me suis retrouvé en train de ramper sous un buffet. Je voulais à tout prix récupérer le cahier de recettes de ma mère, où elle avait noté celle d'un gâteau aux pommes que j'adorais, mais il restait hors de portée. Après ça, l'aube s'est enfin levée et je me suis rendu compte qu'un épais brouillard me cernait. Devais-je m'en alarmer ? Sûrement pas. Il allait se dissiper avec l'apparition du soleil, et d'ici là je serais loin.

Je me suis remis en mouvement après avoir établi le cap grâcc à la boussole de Chassain. Avec cette visibilité très limitée, la progression s'avérait plus laborieuse mais la calotte de glace semblait toujours aussi épaisse et je voyais là de quoi justifier ma décision.

Ce n'est qu'au bout de deux bonnes heures de marche que j'ai commencé à m'inquiéter. La brume ne s'était toujours pas levée alors que le soleil avait entamé son ascension, mais surtout, la banquise semblait peu à peu se transformer.

Sa surface devenait plus heurtée et je me suis retrouvé en présence du chaos rencontré dans le *channel*, mais ce n'était pas ce qui me troublait le plus. Une rumeur dont je n'arrivais pas à identifier la nature s'amplifiait toujours davantage. Il ne s'agissait pas du vent, mais plutôt d'un grondement continu. Et puis la glace se distordait, craquait, elle le faisait certes en permanence, mais il m'a semblé que ce mouvement était d'une autre amplitude et j'ai préféré m'arrêter, tenter d'interpréter ces signes. Que se passait-il, au-delà de ce brouillard qui refusait toujours de se lever et que m'annonçait cette rumeur, pourquoi ces damnés craquements augmentaient-ils encore ? Je me suis efforcé de chasser ces pensées négatives et j'ai repris ma marche en avant, l'instant d'après la banquise s'est déchirée derrière moi.

Le temps que je réagisse il était déjà trop tard et je me suis retrouvé coupé de toute retraite, éprouvant la sensation cauchemardesque de me déplacer sans faire le moindre mouvement. Dans un réflexe de survie j'ai planté le harpon dans le bloc et je me suis allongé sur le ventre tandis que l'énorme glaçon continuait de tourner sur lui-même. Je ne rêvais pas. Un fragment de la banquise s'était détaché de la calotte et j'étais posé dessus. Il me restait un espoir, que cette étendue d'eau libre soit semblable à celles rencontrées plus haut dans le *channel* et que le bloc dont j'étais le prisonnier achève sa course sur une autre rive, mais la brume s'est levée d'un coup, dissipant mes illusions. L'Inuite n'avait cessé de me prévenir. Au-delà d'Isachsen, l'océan Arctique avait repris ses droits.

L'absence de houle et la relative stabilité du glaçon me maintenaient en vie, mais qu'est-ce que j'y gagnais ? Une agonie plus lente, pas davantage. La fatigue s'est abattue sur moi. L'explosion, cette maudite station restaient des difficultés de dimension humaine, mais cet échec-là était d'un autre ordre. J'avais voulu me confronter à la puissante nature et je recevais la juste punition pour ma suffisance.

À force de me cramponner au harpon, mes muscles se tétanisaient et j'ai noué le filin à mon poignet. Ainsi ancré, je n'allais pas glisser à l'eau par mégarde et j'ai pu me laisser aller. Aussi singulier que cela puisse paraître, au-delà du danger, de la peur de mourir, le fait d'abandonner la lutte, ne serait-ce qu'un instant, m'a soulagé. Le clapot me berçait, le glaçon tournoyait, tout ce dont j'avais besoin c'était d'un répit.

J'ai dérivé de cette manière un temps indéfini, vu défiler des fragments de vie, sans qu'aucune chronologie ne les ordonne, ni que la moindre cohérence n'en ressorte, quand une secousse m'a ramené au présent. Le glaçon venait de heurter un autre bloc et cette collision modifiait légèrement sa trajectoire, suffisamment pour que je m'intéresse de nouveau à ce qui m'entourait. Vers le sud, la situation n'avait pas changé, mais en portant le regard à l'ouest mes sens se sont mobilisés. Au loin un îlot volcanique formait comme une proue, et si le glaçon continuait à naviguer dans cette direction il allait en frôler l'extrémité.

Mon cœur s'est mis à cogner à tout rompre et même si je me défendais de trop y croire, je savais qu'une ultime chance de survivre allait m'être offerte. Au pire j'étais prêt à me jeter à l'eau en espérant surmonter le choc thermique. Je me suis préparé tout le temps que le glaçon se rapprochait, prêt à me lancer. Le courant s'avérait de plus en plus présent et j'ai eu l'impression qu'il éloignait le bloc, mais finalement non, et si j'évaluais correctement les choses, il allait vraiment frôler la pointe et c'est ce qu'il a fait, de si près que j'ai pu enjamber l'espace me séparant d'elle et me jeter sur le rivage.

Un cri libératoire s'est échappé de mes entrailles. Pourtant je n'avais fait que la démonstration de mon aveuglement et je venais tout juste d'échouer au milieu de nulle part, mais j'éprouvais un sentiment de triomphe. Le monde arctique ne m'avait pas vaincu, pas encore. J'ai regardé le glaçon s'éloigner, comme pour exorciser ce qui serait advenu si j'en étais resté le locataire. Il filait plein ouest maintenant, porté par un courant qui ne cessait d'augmenter.

4

De loin, l'îlot paraissait presque plat mais il en était tout autrement maintenant que j'y posais le pied. Les banquises successives avaient façonné la roche, érigé des murs, des cavités, et je me suis arrêté à la hauteur de l'une d'elles. Un cercle de pierres noircies par des feux anciens indiquait que des autochtones avaient nomadisé dans cet endroit, j'en ai eu la confirmation en m'engageant plus avant. À moitié enfoui dans un amas de bois flotté, la carcasse d'un kayak m'est apparue, ainsi qu'une grande pagaie. Des pêcheurs devaient se donner rendez-vous sur une partie de la côte. Pour eux la traversée devait être un jeu d'enfant, mais voilà, les animaux marins avaient disparu, et avec eux les précieuses peaux dont ils garnissaient leurs embarcations.

J'ai pensé faire un feu puis je me suis ravisé. Il restait suffisamment de lumière pour prolonger cette découverte de la côte et chaque jour allait compter. J'ai longé le rivage sur un bon kilomètre, jusqu'à une enclave naturelle où la mer libre s'insinuait dans les terres. Pour aller au-delà il fallait franchir un gué, heureusement peu profond. Je m'y suis engagé jusqu'au mollet, quand un poisson argenté m'est passé entre les jambes. Comme j'avais bien fait de poursuivre mon exploration !

J'ai entrepris aussitôt d'édifier un barrage que j'ai refermé par l'arrière en ne laissant libre qu'un étroit passage. Le dispositif était simpliste, mais ça pouvait marcher. Je me suis accroupi à l'entrée de ce piège, une grosse pierre à portée de main, et j'ai attendu. Je pensais devoir y passer des heures mais un poisson s'est présenté presque aussitôt et je n'ai eu aucune peine à l'enfermer. Il en est allé tout autrement pour l'attraper et j'ai dû batailler à quatre pattes dans l'eau glacée avant de parvenir à m'en saisir, mais qu'importe, pour la première fois depuis le début de mon odyssée, j'allais me nourrir par mes propres moyens.

J'ai rejoint mon refuge, mu par une énergie renouvelée. Je me faisais l'effet d'un Robinson, pour un simple poisson. Quand la chaleur du feu s'est fait sentir, j'ai quitté mes vêtements afin qu'ils sèchent et grillé mon précieux trophée à la pointe du harpon. Sa chair s'apparentait à celle de la truite, avec un arrière-goût que je n'aurais su définir, mais j'ai profité de chaque bouchée. Bientôt j'ai pu me rhabiller, aménager ma couche.

La lueur des flammes éclairait la roche et sur le rivage, le clapot me rappelait mon problème, ce bras de mer qui faisait de moi un prisonnier. Cependant je me suis efforcé d'entretenir un certain optimisme. J'avais trouvé un abri, somme toute assez confortable, du bois à profusion, et peut-être même de quoi me nourrir sans trop d'efforts. Ma situation n'était pas si désespérée. Ce n'était peut-être que de l'autopersuasion mais j'en ai tiré un bénéfice, en l'occurrence une vraie nuit de sommeil.

Le matin venu je suis retourné au niveau du gué, mais j'ai décidé de pousser plus loin l'exploration et de ne pêcher qu'au retour. Au-delà de l'enclave, le rivage devenait plus étroit et bientôt j'ai dû faire face à un impressionnant éboulis. J'hésitais à me lancer dans l'escalade quand un cri s'est élevé, provenant de l'autre côté des rochers. On aurait dit une plainte humaine.

Je me suis hâté d'atteindre le sommet pour découvrir en contrebas trois phoques posés sur une dalle rocheuse. Était-ce un groupe isolé ou devais-je m'attendre à en découvrir d'autres ? Les phoques étaient-ils de passage ou bien réfugiés sur cette côte ? Quoi qu'il en soit il me fallait un plan d'attaque, car si je me contentais de franchir l'éboulis ils seraient loin avant que j'aie armé mon bras. Par la terre, je ne voyais aucun relief, aucune végétation où je puisse me dissimuler. Et si j'essayais par la mer ? L'idée n'était pas si saugrenue. L'éboulis finissait dans les flots et si je me tenais près des rochers je prendrais les phoques à revers.

Je ne m'attendais pas à ce que l'eau soit si froide et j'en ai eu le souffle coupé. J'ai contourné l'extrémité de l'éboulis, heureusement je gardais pied mais je tremblais de tout mon corps. En tout cas mon plan fonctionnait, les animaux semblaient n'avoir aucune conscience de ma présence. J'avais de l'eau jusqu'aux épaules et je progressais en évitant tout geste brusque. Quand il n'est plus resté que quelques mètres, je me suis redressé d'un coup et j'ai jeté le harpon. De si près je ne pouvais pas rater ma cible mais pourtant c'est ce qui s'est produit. L'arme a vibré dans l'air et emprunté une trajectoire bien trop basse pour finalement se briser contre le rocher. Mais ce n'était pas le pire, le pire était que les phoques m'observaient sans éprouver la moindre frayeur. Enfin, le plus imposant d'entre eux a daigné glisser dans les flots, puis un autre, et il n'est resté que le troisième pour continuer de me jauger avec un rien de mépris.

Une rage immense s'est emparée de moi et j'ai foncé droit vers le rocher. Dans quel but ? Me jeter sur cet animal, l'étrangler sûrement, mais ce projet, comme le précédent, n'avait aucune chance d'aboutir, et quand j'ai pris pied sur la dalle, je me suis retrouvé seul face à l'infini maritime, les mains en sang de m'être agrippé à ce caillou. Un morceau du harpon dérivait, j'ai parcouru du regard le rivage déserté. Les phoques avaient bel et bien disparu.

Je suis revenu au niveau du gué, transi de froid, la tête basse et ruminant ma défaite. Je n'avais plus aucune envie de piéger le poisson, je voulais juste rejoindre la grotte, sécher mes vêtements et me recroqueviller dans la pénombre. Me faire oublier du monde.

Les pierres étaient encore tièdes et je n'ai pas eu trop de mal à relancer le feu. J'ai cherché du bois pour l'alimenter à mesure, posé la main sur la carcasse du kayak et je m'apprêtais à la jeter dans les flammes quand j'ai réalisé à quel point j'étais stupide. Une fois de plus mon orgueil m'aveuglait. Que je sois un piètre chasseur n'était pas l'essentiel, ce qui importait c'était ma découverte, la présence d'animaux marins sur ce rivage ! Car ils étaient tout simplement la solution de mon problème. Comment n'y avais-je pas pensé ? Combien fallait-il de peaux pour recouvrir un kayak ? Trois, quatre peut-être. Tout ce que j'avais à faire c'était de convaincre l'Inuite de les chasser. Après tout le marché s'avérerait aussi avantageux pour elle que pour moi. À elle de la nourriture en quantité et de l'huile pour éclairer son abri, à moi une embarcation capable de traverser le bras de mer. Je ne voyais vraiment pas comment elle pourrait refuser une telle offre. Soudain je n'ai plus ressenti le froid et les galets m'ont semblé presque confortables. J'ai posé ma tête contre mon bras et je me suis endormi en rêvant que je pagayais.

5

Mon excitation était si grande que je n'ai dormi qu'une poignée d'heures et décidé de lever le camp à la lueur des étoiles. Il m'était impossible d'évaluer depuis combien de temps le kayak avait été abandonné dans cette grotte, mais son état de conservation témoignait du savoir-faire inuit. Deux longerons tout au plus nécessitaient d'être remplacés, mais la structure principale tenait toujours bon. J'ai taillé des lanières dans ma besace afin de confectionner un harnais rudimentaire et glissé les peaux, gamelles et ustensiles à l'intérieur de la carcasse. Peut-être aurait-il été plus prudent de pêcher afin d'avoir un peu de provisions, mais mon impatience prenait le dessus.

J'ai longé le rivage jusqu'à trouver un accès au plateau volcanique puis je l'ai traversé pour rejoindre la banquise qui l'enserrait. À ce que je pouvais en juger, cette dérive tragicomique ne m'avait finalement pas emporté si loin que ça, je pouvais toujours distinguer la silhouette allongée d'Isachsen à l'horizon. L'atteindre avant la nuit semblait possible. Je baignais dans une douce euphorie, et comme la carcasse ne pesait rien, j'ai marché sans éprouver le besoin de m'arrêter, sinon pour une courte pause, me désaltérer et repartir, si bien que l'île ne faisait que se rapprocher.

Je comprenais de mieux en mieux comment me déplacer sur la banquise. Il ne fallait pas trop marquer le pas et se soucier constamment de maintenir un bon équilibre, car tout le corps devait accompagner l'avancée. En appliquant ce simple principe on se fatiguait beaucoup moins, parfois même on avait le sentiment de survoler la glace.

J'ai touché Isachsen alors que le soleil entamait sa courbe descendante et aussitôt j'ai attaqué la pente. L'excitation me portait. J'avais visé le milieu de l'île, et de fait, en atteignant la crête j'ai pu vérifier que mon estimation n'était pas trop mauvaise. En direction du nord, une colonne de fumée s'élevait.

Parvenu au niveau des cabanes, j'ai dressé la carcasse devant la mienne et je me suis assis à côté d'elle comme un pêcheur exhibant son trophée. L'Inuite courait peut-être la colline, ou bien elle se tenait dans son abri, mais elle apparaîtrait à un moment ou à un autre. Je n'avais qu'à l'attendre. J'ai laissé ma tête aller en arrière pour mieux profiter des derniers rayons du soleil. On aurait dit une journée de printemps à n'importe quel endroit du monde. Je me suis assoupi un instant, jusqu'à ce qu'un fracas me réveille en sursaut. Un coup de vent avait fait basculer le kayak et tandis que je le redressais j'ai vu l'Inuite qui m'observait.

— Te voilà revenu, a-t-elle dit.

— Oui, et vous aviez raison.

Elle a hoché un peu la tête.

— Tu l'admets.

— Oui.

À ce que je pouvais voir elle réparait une botte dont la semelle baillait.

— C'est une bonne chose de reconnaître son erreur, mais je vois qu'un autre songe a pris possession de ton esprit, tu comptes prendre la mer.

— Parfaitement.

— La carcasse ne fait pas le bateau.

— Je compte bien la recouvrir.

— Avec la peau d'un lièvre ? Je voudrais voir ça.

— Et si je vous dis que j'ai vu des phoques ?

Elle a soupiré.

— Tu devrais te reposer.

— Je n'en ai pas besoin. Il y en avait trois, je les ai vus comme je vous vois, de l'autre côté de l'île, en allant vers l'ouest.

— Vers l'ouest ?

— Oui.

— Qu'est-ce que tu faisais là-bas ?

— J'ai dérivé.

— De mieux en mieux. Maintenant tu te prends pour un poisson.

— Vous pouvez vous moquer, mais c'est la vérité. J'étais sur un glaçon. Il s'est détaché de la côte mais je suis parvenu à revenir.

— Et c'est là que tu as vu des phoques ?

— Oui. J'ai dormi dans une grotte et j'ai trouvé le kayak. J'ai pêché un poisson aussi. Une sorte de truite.

Son visage était plus impénétrable que jamais.

— Vous ne me croyez pas.

— Ce serait plus facile si tu avais ramené ce phoque.

— J'ai essayé, mais j'ai cassé le harpon. C'est à ce moment que j'ai compris.

— Compris quoi ?

— Que j'avais besoin de vous.

— Pour les chasser ?

— Oui.

Elle a émis un gloussement puis elle est redevenue sérieuse.

— Pourquoi tes mains sont pleines de sang ? a-t-elle demandé.

— Je me suis agrippé à un rocher.

— Ce n'est pas bon de garder des plaies.

Elle s'est levée et j'ai compris que je devais la suivre. J'ai rincé mes mains dans de l'eau tiède et les coupures sont apparues. Puis l'Inuite les a recouvertes d'un onguent.

— Tu n'as plus rien à manger, a-t-elle grondé.

— Non.

Elle s'est emparée d'une écuelle et l'a garnie de la nourriture qu'elle avait préparée, elle me l'a tendue. Il faisait sombre maintenant dans la cabane et je voyais à peine cette nourriture, mais le goût était bien trop fort pour moi.

— Ce sont des oiseaux qu'on peut garder très longtemps dans la graisse.

— C'est bon mais je n'ai pas très faim.

— Dis plutôt que tu n'aimes pas ça. Où as-tu vu ces phoques exactement ?

— Sur un îlot volcanique.

— Amassiq. Est-ce qu'il y avait une femelle avec eux ?

— Ça, je ne sais pas.

— Un petit ?

— Non, ils étaient tous les trois assez gros.

Elle n'a plus parlé pendant un long moment, on entendait crépiter le bois.

— Explique-moi ton plan.

— J'ai vu que vous aviez un fusil. Avec vous ce sera facile. Et je suis certain qu'il y en a d'autres…

— Comment peux-tu en être sûr ?

— Ce n'est pas comme ici, il y a du poisson.

Son visage est devenu grave.

— Quel est mon intérêt ?

— Je n'ai besoin que des peaux et de votre aide pour les assembler. Vous pourrez garder tout le reste.

— Et si nous ne trouvons rien ?

— Ce n'est qu'à une journée de marche. Ce n'est pas un grand risque. Et si nous les trouvons vous serez débarrassée de moi.

Elle m'a jaugé.

— C'est un bon argument. Sûrement ton meilleur.

— Et si ce n'est pas…

— Maintenant je dois réfléchir, a-t-elle tranché.

J'ai compris que je devais me retirer.

J'ai retrouvé l'abri au toit éventré et cette odeur de cendre froide que j'avais laissée derrière moi. Dormir était ce que j'avais de mieux à faire mais j'ai tout de suite compris que ce serait difficile. Cette discussion avec l'Inuite m'avait semblé dans un premier temps encourageante, mais plus j'y pensais, plus le scepticisme prenait le pas. D'un point de vue rationnel ma proposition se tenait, mais c'était oublier que cette femme échappait à la logique commune. Elle avait élu domicile en ce lieu dédié à la chasse, sauf que les animaux l'avaient déserté depuis longtemps, hormis quelques rongeurs. Et pour une raison qui m'échappait, elle semblait accepter cet isolement extrême, mieux, le désirer. Il fallait être sacrément optimiste pour croire qu'une poignée de phoques allaient la convaincre de s'éloigner de sa cabane.

Je m'efforçais de faire le vide, je cherchais une meilleure position sur ma couche mais mes yeux restaient obstinément ouverts. Même la lune semblait contre moi. Sa lueur donnait à l'abri un aspect lugubre. Je me sentais prisonnier de ces pierres, il fallait que je m'en libère.

Une fois dehors j'ai ressenti une forme de soulagement. Il faisait étonnamment doux et j'avais déjà remarqué ce phénomène. À un certain moment de la nuit polaire le froid semblait comme se retirer pour mieux revenir vous mordre au petit matin. Je me suis engagé dans la pente et j'ai rejoint la banquise, marché droit devant moi. J'ai dépassé l'endroit où l'Inuite venait prélever de la glace et continué bien au-delà. L'air frais entrait dans mes poumons, le sentiment d'oppression s'éloignait.

Ce que j'avais ressenti en dérivant sur ce glaçon me troublait encore, ce besoin de m'abandonner. Il semblait venir de si loin, de bien plus loin que ces derniers jours, aussi périlleux qu'ils soient. N'étais-je pas depuis toujours en lutte ?

Le vent d'altitude avait balayé les nuages et le tapis d'étoiles se déployait jusqu'aux confins de la banquise. J'éprouvais un léger vertige et je me suis allongé à même la croûte gelée. C'était comme être sur le pont d'un navire qui se déplaçait à travers les galaxies. Il fallait que quelque chose se modifie en moi, le monde était tellement plus grand, plus mystérieux, plus surprenant que ma minuscule entité. Tout ne pouvait se quantifier, s'analyser comme lors d'une campagne de prospection. Et l'avertissement de Desmarets m'est revenu en mémoire. « Le puits que tu creuses est sans fond, Virgil. » Je devais apprendre une autre manière de vivre, de penser, avant qu'il ne soit trop tard, mais comment ?

Je percevais les mouvements internes de la glace et c'était comme s'ils me traversaient. Sous moi, tout n'était que craquements, déchirures et pression formidable entre des masses obscures travaillées par les courants. La nature elle-même entretenait un conflit permanent, n'existait-il aucun lieu où trouver le repos ? Je suis resté là jusqu'à oublier la notion de temps, j'ai vu passer une étoile filante, puis une autre, et je n'ai plus bougé du tout. Peut-être que la solution était simplement de muer ? Enfant, je m'émerveillais de trouver dans la nature la peau d'insectes étonnants qui possédaient ce pouvoir. Ils s'étaient libérés de leur enveloppe pour aller vers une nouvelle vie, se réinventer. C'était peut-être ce qu'il me fallait accomplir ? J'ai commencé à ressentir le froid et décidé de rentrer.

Je m'étais éloigné considérablement, emporté par mes préoccupations et j'ai mis plus d'une heure à rejoindre l'île. J'ai gravi la pente qui menait aux cabanes, couverte d'une croûte neigeuse qui crissait sous mes pas. Quand je suis parvenu à la hauteur de la terrasse naturelle, l'Inuite était assise sur son banc, plus énigmatique que jamais. Elle devait m'observer depuis le début.

— Peut-être que tu voudrais fumer ? a-t-elle demandé.

— Je ne suis pas contre, ai-je concédé.

Elle s'est repliée dans la cabane pour en ressortir presque aussitôt et me tendre une de ses pipes et le pot de tabac.

— Il est fort mais on s'y habitue, a-t-elle précisé.

Je me suis assis à distance d'elle et j'ai enflammé le tabac avec la pierre. Son visage restait dans la pénombre, mais ses yeux luisaient. On n'entendait que le souffle de nos respirations, négociant la fumée.

— Je n'ai pas vu beaucoup des tiens s'allonger sur la glace vive, a-t-elle dit.

— J'étais fatigué.

— Non, ce n'est pas ça.

— Quoi d'autre ?

— La banquise entre en toi. Voilà ce qui se passe.

— Je ne comprends pas de quoi vous parlez.

Elle a souri furtivement, puis son visage est redevenu grave.

— Je veux l'huile et les deux tiers des bêtes, viscères compris.

— Je vous ai dit que seules les peaux m'intéressaient.

— Réfléchis, tu n'es pas encore parti. Que feras-tu s'il n'y a pas suffisamment de phoques ?

— Je suis certain qu'on trouvera ce qu'il faut.

— Ne te vante pas, je ne pars pas à la chasse avec un vantard.

— Très bien. Je ne suis sûr de rien.

— Tu devras faire tout ce que je demande.

— D'accord.

— Et tirer le traîneau.

— D'accord.

Elle a grogné légèrement et frappé sa pipe contre la pierre.

— Tiens-toi prêt à partir au lever du jour.

6

L'intensité de la lumière m'a réveillé et j'en ai déduit que j'avais dormi trop longtemps. J'ai chaussé vivement mes bottes et quand je suis sorti du tunnel, le regard noir de l'Inuite me l'a confirmé.

— Si tu veux surprendre un phoque, il te faudra te lever plus tôt, a-t-elle dit.

Elle se tenait près du traîneau déjà chargé pour le voyage.

— J'aurais pu vous aider.

— Un chasseur ne laisse à personne le soin de préparer son chargement.

Sa remarque n'était pas qu'un trait d'ironie. Chaque centimètre du traîneau se trouvait optimisé afin qu'il reste maniable mais que rien ne manque à notre expédition : du bois, des gamelles, des peaux pour le bivouac, un garde-manger, des harpons de tailles diverses et son long fusil. En unissant nos efforts nous sommes parvenus à hisser le traîneau jusqu'à la ligne de crête puis l'Inuite nous a guidés jusqu'à un grand pierrier où le plus difficile a été de le retenir, il ne demandait qu'à dévaler la pente. Une fois au niveau de la banquise j'ai dû apprendre à tracter l'attelage. L'essentiel consistait à éviter les à-coups et à ne pas laisser le traîneau dériver, pour cela il fallait veiller constamment à la tension du harnais. Nous avons fait une courte halte pour boire et mâcher un peu de viande séchée, puis l'Inuite a sorti son long fusil. J'ai d'abord cru qu'elle avait repéré un animal mais elle s'est avancée vers moi et me l'a présenté.

— Tu t'es déjà servi d'un fusil ?

— Je ne compte pas chasser. Je suis votre assistant.

Elle a hoché la tête en signe de désapprobation.

— Qui te parle de chasser, tu dois pouvoir te défendre. Tu vois ce monticule ?

Elle désignait un relief qui émergeait à une bonne trentaine de mètres. À contrecœur j'ai pris l'arme en main.

— Il est un peu lourd, non ?

— C'est mieux pour la précision, c'est un très bon fusil. Huit balles dans le magasin. Une fois que tu as enlevé la sécurité, fais attention, la détente est très sensible.

J'ai vu que l'arme était de fabrication russe et la question me brûlait les lèvres. Quelles relations avait-elle entretenu avec la station ? Mais je me suis bien gardé de la poser. Je me suis allongé sur la glace et j'ai bloqué ma respiration, tiré trois fois. La première balle s'est perdue dans le néant, la seconde a ricoché sur la glace, la troisième a provoqué un impact sur le monticule.

— Je continue ? ai-je demandé.

— Ça suffira. Prends plus de temps entre les tirs. Les balles sont précieuses.

L'Inuite semblait savoir parfaitement où nous allions. La cadence de marche qu'elle maintenait me sidérait, d'autant plus qu'elle ne semblait jamais forcer. Dans les moments où elle tirait l'attelage, j'essayais de récupérer, mais dès que je me laissais un peu distancer j'éprouvais le plus grand mal à revenir dans son sillage. Nous avons progressé à ce rythme soutenu et j'aurais dit que nous étions à mi-chemin de la côte quand elle a fait signe de s'arrêter. Elle observait le ciel intensément et bien que je m'attache à l'imiter, je ne remarquais rien de particulier. Pas un nuage à l'horizon, pas un souffle de vent. Tout semblait favorable à notre traversée, cependant elle a fouillé dans le chargement, extrait son grand couteau, puis délimité un rectangle à nos pieds et s'est mise à tailler la glace.

— Qu'est-ce que vous faites ? ai-je demandé.

— Aide-moi à évacuer les blocs, s'est-elle contentée de répondre.

Elle creusait un trou, assez grand pour contenir un corps et je me suis demandé si elle ne voulait pas se débarrasser de moi, cette fois définitivement, mais ce n'était pas ça. Le temps de me mettre au travail, un grand changement s'opérait autour de nous. Un voile opaque était en train de recouvrir le ciel, obscurcissait tout. Le vent, inexistant l'instant d'avant, forcissait à une vitesse impressionnante, et si je doutais encore de la réalité du danger, la respiration de l'Inuite m'en donnait la mesure. Elle haletait, jetait toutes ses forces dans la bataille, puis à un moment son poignet a cédé et elle m'a passé le couteau. J'ai continué de creuser, mais elle avait accompli l'essentiel, et pendant ce temps elle orientait le traîneau de manière à nous protéger davantage. Elle utilisait l'amas de glace en provenance du trou, pour solidifier ce rempart. On aurait dit qu'elle se préparait à une guerre, et c'était le cas. Il faisait presque nuit maintenant et j'ai levé la tête un court instant. La pression du vent devenait insupportable. Il soulevait les particules de glace, les transformait en de minuscules lames de rasoir et s'en servait pour harceler tout ce qui s'opposait à lui.

— Ça suffit comme ça, a dit l'Inuite.

Après l'avoir solidement arrimée au traîneau, elle a déployé la bâche et nous nous sommes glissés en dessous, allongés l'un contre l'autre. La tempête forcissait encore et le vacarme qu'elle produisait se transformait maintenant en un chant lugubre. L'Inuite a dû crier pour que je l'entende.

— Quoiqu'il arrive tu ne sors pas de ce trou !

Et sans plus de commentaires elle s'est tournée sur le côté.

La bâche s'alourdissait de poussière de glace et commençait à peser lourdement si bien que je me sentais prisonnier, entre ce corps à la fois si proche et presque hostile, et ce poids au-dessus de moi. Je cherchais ma respiration, une position où je serais moins mal à l'aise. J'ai tenu du mieux que je pouvais mais le blizzard me rendait fou. Il me déchirait les tympans, provoquait une envie d'affronter cet invisible adversaire. J'ai voulu changer de position et j'ai heurté l'épaule de l'Inuite sans une réaction de sa part. Je n'arrivais pas à le croire, mais au cœur de cet enfer, elle dormait. Une colère irrépressible m'envahissait au fur à mesure que la folie des éléments atteignait leur paroxysme. J'étouffais, et j'avais besoin de hurler à mon tour, de répondre. Je me suis redressé d'un coup, et libéré de la bâche pour sortir du trou à quatre pattes et me dresser face à la tempête. Mais à peine étais-je sur mes jambes qu'une bourrasque m'a emporté comme un vulgaire fétu. J'ai roulé sur moi-même et tournoyé, cherché à reprendre le contrôle mais c'était perdu d'avance. J'essayais de m'accrocher à la glace mais elle me blessait, me repoussait plus loin. J'ai ouvert la bouche en grand pour respirer et c'était comme si la tempête s'engouffrait dans mes poumons, saccageait mes entrailles. Je ne voyais plus rien, j'errais, égaré dans cette nuit en plein jour, quand soudain, j'ai senti le bas de ma jambe enserrée par un cordage et juste après je me suis retrouvé traîné comme un vulgaire paquet. Surgie de nulle part et sans un mot, l'Inuite était venue me chercher. Elle devait s'aider d'un harpon, le planter, me tirer sur quelques mètres et recommencer, car sa progression s'opérait par à-coups. Elle m'a traîné de cette manière sur une distance qui m'a semblé interminable. J'ai senti que je basculais dans le trou et je me suis recroquevillé contre la paroi. Je tremblais, je suffoquais, à un moment je n'ai plus bougé.

Le blizzard a duré plusieurs heures et puis comme par enchantement le vent a commencé à faiblir, les convulsions de la glace ont cessé, tout s'est apaisé, et le ciel au-dessus de nous a retrouvé sa pureté. Cependant quand je me suis assis au bord du trou j'ai pu voir que la tempête avait bien existé. La poussière de glace recouvrait tout.

Je me suis inquiété de la présence de L'Inuite. Elle s'employait à rajuster le chargement et grommelait dans sa langue originelle, je devais y être pour quelque chose.

— C'est la seconde fois que vous me sauvez, ai-je dit.

— Je te préviens, c'est la dernière, a-t-elle répliqué.

— Je ne sais pas ce qui m'a pris.

— *Uninngavoq*.

— Quoi ?

— C'est ce que tu dois apprendre. À rester immobile.

Elle a tiré sèchement sur un cordage.

— Vous autres les Blancs, vous voulez toujours être les maîtres, mais parfois ce n'est pas possible. Il faut accepter les choses.

— Je ne suis pas très doué pour ça.

— Alors apprends.

Elle m'a tendu le harnais et nous avons repris notre progression avec plus de difficulté qu'avant la tempête. La poudre de glace nous freinait fortement et il fallait s'entraider. Quand l'un tirait, l'autre poussait le traîneau. Alors que le soleil commençait à décliner nous sommes entrés dans la brume et j'ai pensé que l'eau n'était plus très loin, mais il a fallu tenir encore deux relais avant d'atteindre la côte. Nous avons longé le rivage et régulièrement l'Inuite s'arrêtait pour observer le paysage marin, remuer les galets. Elle devait chercher les traces des animaux mais ne faisait aucun commentaire. Nous avons atteint l'éboulis et j'ai désigné le rocher où se tenaient les phoques.

— Ils étaient là ! ai-je crié.

Je ne pouvais pas m’en empêcher mais l’Inuite est restée de marbre et pour toute réponse elle a continué de marcher. Nous avons atteint la grotte au moment où le jour déclinait.

— Prépare le feu, a-t-elle dit, je vais voir un peu plus loin.

Il y avait encore assez de bois flotté pour ne pas entamer notre réserve et quand les flammes ont commencé à s’élever j’ai déchargé le traîneau de ce qui était nécessaire au bivouac, jeté des blocs de glace dans la gamelle, et comme l’Inuite ne revenait pas, je suis allé à sa rencontre.

Elle se tenait debout face à la mer, un peu plus haut sur le rivage. Elle semblait méditer. Je suis resté en arrière d’elle en me gardant de prononcer un mot. Elle devait penser que j’avais rêvé, ou pire que j’étais un affabulateur. À un moment elle s’est approchée du rivage pour goûter l’eau et l’a recrachée.

— Quand tu as mangé ce poisson tu n’as rien rcmarqué ? m’a-t-elle demandé.

— Il avait un goût un peu spécial mais j’ai pensé que c’était le poisson d’ici.

— Tu n’as pas eu mal au ventre, après ça ?

— Non.

Elle m’a regardé avec dureté.

— Toute cette côte est empoisonnée et les phoques que tu as vus fuient la région. Ils espèrent trouver des eaux qui ne soient pas souillées, plus loin dans l'archipel.

— Alors il va peut-être en passer d'autres ?

— Je ne crois pas, m'a-t-elle répondu. Quand les phoques décident de migrer ils se déplacent en grand nombre, les tiens étaient sûrement des égarés.

J'ai encaissé le coup.

— Alors c'est fichu ?

— Je n'ai pas dit ça. Les îles dont je te parle sont beaucoup plus à l'ouest. Les phoques se sont peut-être regroupés dans une baie, pour prendre des forces avant la traversée.

— C'est loin d'ici ?

— Je dirais deux jours, peut-être moins si le vent est avec nous.

— Alors vous me croyez ?

Elle a regardé une dernière fois l'horizon, évalué nos chances.

— Je crois à la chasse.

7

Il faisait encore nuit quand nous avons levé le camp et j'ai compris que chaque heure allait compter. Heureusement le vent nous était favorable et nous prenions de la vitesse, au point que par moments, l'Inuite enfourchait le traîneau et se laissait porter. À cette occasion elle poussait de petits cris. Peut-être que je me trompais mais il me semblait que cette chasse, quelle que soit son issue, lui procurait de l'excitation.

À la mi-journée une falaise s'est dressée sur notre route, imposante comme une cathédrale. Elle semblait proche, mais pour finir, il nous a fallu des heures pour l'atteindre. Nous avons établi notre bivouac à l'abri d'un amas de glace, et tandis que j'organisais le feu, l'Inuite scrutait le ciel.

— Tu la vois ? m'a-t-elle demandé.

— Quoi ?

— La sterne.

J'ai eu beau chercher je ne voyais rien.

— La baie n'est plus très loin, a-t-elle ajouté.

Elle a préparé de la soupe et je l'ai bue brûlante. Ensuite nous nous sommes installés pour la nuit en prenant appui sur le traîneau, les pieds du côté des braises.

— Vous connaissiez cette grotte, ai-je dit.

— Celle où tu as trouvé l'oumiak ?

J'ai compris qu'elle parlait du kayak.

— On y venait avec mon père, a-t-elle poursuivi, quand le gibier venait à manquer sur nos côtes.

— Ça se produisait déjà ?

— Il y a toujours eu des périodes difficiles. Quand j'étais petite les animaux marins ont été décimés par une algue, mais ils sont revenus. Aujourd'hui c'est différent.

— C'est votre père qui vous a appris à chasser ?

— La plupart des filles n'y allaient pas, parfois même c'était interdit, mais mon père faisait comme il voulait, c'était un shaman. Tu sais ce qu'est un shaman ?

— Bien sûr.

— Il était très respecté mais jalousé aussi. Un jour les membres d'une secte chrétienne l'ont poignardé et je me suis retrouvée seule.

— Vous n'aviez pas de famille ?

— Ma mère est morte en couche. Une fois mon père disparu, le reste de ma famille voyait d'un mauvais œil une bouche de plus à nourrir.

J'ai habité un moment chez une institutrice qui m'aimait bien. La nuit je me cachais dans la classe. Il y avait un ordinateur et j'apprenais tout ce que je pouvais. Mais l'institutrice a été mutée dans une autre région, j'ai dû retourner chez des cousins. Dès qu'ils ont pu ils m'ont mariée.

Ses yeux luisaient davantage. La chasse, avoir revisité cette grotte, ce campement sous les étoiles, devait raviver en elle des souvenirs.

— Vous aviez quel âge ?

— Quinze ans.

— Mon mari me battait et j'ai fini par m'enfuir. J'ai travaillé dans toutes sortes d'endroits, des comptoirs, des bars, une pêcherie industrielle, avec ce chercheur dont je t'ai parlé, mais Ilviak, c'était son nom, me retrouvait toujours et je devais changer. Je n'ai été tranquille que quand il est mort. Il avait trop bu et il s'est noyé.

Un souffle de vent a contourné le traîneau pour soulever de la poussière de glace un peu plus loin. Des volutes se formaient, puis disparaissaient.

— Vous étiez libre.

— J'ai voulu voir à quoi ressemblait une grande ville, je me suis inscrite à l'université d'Edmonton, mais je ne m'y suis pas plu. Une fois j'ai dormi dans un jardin pour sentir l'odeur de la terre et la police m'a arrêté, j'ai passé deux jours au cachot. Après ça, je suis revenue au Nunavut. Je voulais retrouver le monde de mon père mais il n'existait plus. Et puis j'ai rencontré un contremaître russe. Il avait l'air gentil, je n'avais jamais connu ça, et quand il a rejoint la station je l'ai suivi.

Elle était tendue tout d'un coup, je le percevais au son de sa voix. Nous sommes restés silencieux un moment. On n'entendait plus que des chocs étouffés venus des profondeurs. La banquise devait être plus épaisse par ici.

— Ça ne s'est pas bien passé dans cet endroit, ai-je fini par dire.

Son visage s'est durci.

— Tant qu'il a été là, ça allait, il me protégeait, mais un jour il est reparti chez lui à Mourmansk. Il était marié et il me l'avait caché. Après c'est devenu trop compliqué, je n'étais plus en sécurité et j'ai dû m'enfuir, encore. Mais pour aller où ? Je ne voulais pas revenir à la réserve. Nulle part ce n'était chez moi.

— C'est là que vous avez trouvé cette cabane.

— Oui.

Le vent était tombé maintenant. J'ai hésité et je me suis lancé.

— Cette statuette sur la colline…

Elle s'est refermée brutalement.

— On ne parle pas de ça.

Elle s'est enfouie dans ses peaux et tournée sur le côté. La conversation était terminée.

J'ai marché vers les falaises que la lune éclairait, et je me suis posté face à ce mur de glace. On entendait les cristaux se rétracter, à mesure que la température chutait. Je suis resté là, immobile, à écouter le monde blanc. Je crois que j'attendais un signe, mais rien ne se produisait, et puis soudain un cri aigu s'est élevé. Peut-être était-ce l'oiseau dont elle avait parlé ? Je l'entendais mais je ne le voyais toujours pas.

L'Inuite s'est activée bien avant l'aube. Je percevais de la nervosité dans sa manière de brusquer le rangement et je me suis demandé si notre discussion de la veille y était pour quelque chose, si elle pouvait se reprocher d'en avoir trop dit. Après avoir chargé le traîneau, elle a réchauffé de la soupe et je me suis surpris à l'apprécier. Alors que nous nous apprêtions à lever le camp elle m'a désigné un point dans le ciel et cette fois j'ai vu l'oiseau. Il restait à distance de nous, on aurait dit qu'il exécutait des loopings.

— Il fait quoi ?

— Il nous attend.

— Vraiment ?

— Parfois ils s'attachent aux hommes. Mon oncle avait un goéland qui pêchait avec lui, un grand mâle qui faisait peur à tout le village. Il plongeait et quand il avait pris le poisson il le lâchait au-dessus de son bateau.

— S'il est là, c'est qu'il y a des animaux ?

— On le saura bientôt.

Elle ne m'a pas laissé le choix et s'est emparée du harnais. Elle prenait garde à ne pas trop s'approcher des falaises et j'ai compris pourquoi un peu plus loin. Un effondrement s'est produit et c'est toute la banquise qui a tremblé. Au-devant de nous l'oiseau jouait les éclaireurs, mais parfois aussi il se posait, nous laissait passer puis nous suivait en voletant. Nous ne nous sommes accordé aucune pause, aucune faiblesse. Les phoques, à supposer qu'ils aient effectué cette halte au bord de la côte, pouvaient entamer leur traversée à tout moment. Je n'avais plus de jambes et mes poumons me brûlaient. Enfin l'Inuite s'est arrêtée, elle m'a désigné une ligne de nuages qui devaient annoncer la côte.

— On n'est plus très loin, a-t-elle dit. Je vais marcher devant.

À proximité du rivage la falaise s'était désagrégée et nous avons poursuivi notre progression à l'abri d'énormes blocs, quand l'Inuite m'a fait signe de la rejoindre. Elle s'est emparée du fusil en prenant soin de compléter le magasin de balles et de vérifier la visée.

— Reste derrière moi, a-t-elle soufflé.

Nous avons marché en redoublant de prudence, toujours à l'abri des blocs, puis l'Inuite a décidé de ramper. L'air marin parvenait à mes narines et mon cœur a commencé à battre plus fort. Nous avons atteint une légère butte derrière laquelle le rivage de galets s'étendait. Les phoques étaient là, toute une colonie. Je m'attendais à ce que l'Inuite mette en joue mais dans un premier temps elle s'est contentée d'observer. J'avais l'impression que les animaux pouvaient disparaître à tout moment et j'étais de plus en plus fébrile jusqu'à ce que je comprenne. Elle analysait ce qui allait se passer après le premier tir, le second et ainsi de suite. Elle anticipait la manière dont les phoques allaient réagir afin que chaque tir soit utile. Mais sa décision prise, tout est allé très vite.

Dans un vacarme assourdissant les tirs se sont succédé tandis que les phoques se jetaient dans les vagues, puis le silence est revenu. Cinq animaux gisaient sur le rivage, la chasse était terminée.

— Maintenant va chercher le traîneau, a-t-elle commandé.

L'Inuite n'exprimait aucune émotion et surtout pas un sentiment de victoire. Elle avait fait ce qu'il fallait et c'était tout.

J'ai rapproché le traîneau tandis qu'elle s'employait déjà à dépecer les bêtes. Elle séparait la peau de la chair, tranchait des blocs, dégageait les fibres tendineuses, avec une économie de gestes et une précision qui laissait pantois. Pour ma part je devais charger notre précieux butin dans des bacs et les arrimer solidement au traîneau. La vue des viscères répandus, de cette chair à vif, l'odeur forte du sang encore tiède, des excréments, de l'urine, se mêlait à l'air marin, à ma propre sueur et me montait à la tête. Sans même avoir besoin de m'observer, l'Inuite devait sentir à quel point j'étais mal à l'aise.

— Mon père disait une chose à propos de l'homme blanc et de ses scrupules, a-t-elle commenté, il prétendait que s'il était capable de tuer un si grand nombre de personnes, c'était parce qu'il le faisait à distance.

— C'est une autre chose que je dois méditer ? ai-je répondu.

— Je le crois.

Son attitude changeait. Elle maniait l'ironie mais la distance se réduisait.

— En tout cas je n'avais pas menti, ai-je souligné. Les phoques étaient bien là.

— C'est vrai.

— Et ils étaient en nombre.

— Tu devrais te rincer.

Dans le feu de l'action je ne l'avais pas remarqué mais j'étais couvert de sang. Je me suis engagé dans l'eau jusqu'aux cuisses, le soleil était assez haut pour que mes vêtements aient le temps de sécher. Je les ai frottés vigoureusement mais surtout ce bain me permettait de canaliser mes émotions. J'ai rincé soigneusement mes mains, aspergé mon visage et commencé de regagner le rivage.

J'ai manqué perdre l'équilibre, ce n'était pourtant pas le moment de me fouler une cheville, j'ai relevé la tête pour voir où en était l'Inuite et mon sang s'est glacé. Un ours qui m'a semblé gigantesque se dressait devant elle et pour l'affronter elle ne possédait que son couteau. Elle n'avait pas poussé un cri, pas prononcé le moindre mot pour m'appeler.

J'ai marché droit vers le fusil comme s'il s'agissait d'un rêve éveillé. Je ne savais même pas s'il restait une balle dans le magasin et j'ai épaulé au moment même où le plantigrade a lancé une attaque. J'ai tiré deux fois avant qu'il ne s'affale sur le côté, puis le fusil m'est tombé des mains. Je me suis dirigé vers l'Inuite en retenant mon souffle et sur le moment j'ai cru que l'ours l'avait égorgée, tellement il y avait de sang, mais ce n'était que son épaule bien que la blessure m'ait semblé profonde.

— Il va falloir que tu travailles un peu, s'est-elle contentée de dire.

Je devais désinfecter la plaie, et surtout trouver un moyen de la refermer. L'Inuite restait parfaitement consciente et m'a donné ses directives. Elle avait emporté une fiole d'alcool et j'ai dû nettoyer l'entaille, puis je me suis muni du nécessaire à couture et j'ai attaqué le raccommodage. L'aiguille en ivoire était un peu émoussée et le fil m'a semblé trop épais pour la peau humaine mais mon principal problème, c'était son regard posé sur moi. La première perforation s'est avérée la plus délicate. Il fallait garder les chairs bien rapprochées. Je m'attendais à ce qu'elle réagisse, au moins qu'elle grogne, mais tout le long de cette intervention de fortune son visage est resté absolument lisse.

— Tu trouveras une autre fiole d'alcool dans le fond du caisson, a-t-elle indiqué quand tout a été terminé. J'en boirais bien une gorgée et je te conseille d'en faire autant. Tu te sens capable de dépecer l'ours ?

— Au point où j'en suis, ai-je rétorqué.

J'ai tenu la fiole pour qu'elle boive et je ne me suis pas fait prier pour en prendre aussi, puis je l'ai installée le dos contre le traîneau, afin qu'elle me prodigue ses conseils. Techniquement ce n'était pas si difficile, il fallait simplement tailler au bon endroit et j'avais le meilleur des professeurs. Une fois ce travail achevé j'ai regroupé le reste de notre butin dans les grands bacs et veillé à équilibrer le chargement. Bien sûr, j'avais gardé de la place pour l'Inuite, mais elle a prétendu se sentir capable de marcher. Je crois surtout qu'elle jugeait la charge trop lourde pour mes modestes capacités.

8

Longer de nouveau les falaises représentait un détour et nous avons convenu de tailler droit vers l'île, de cette manière nous pouvions gagner des heures. Je m'étais fixé un objectif, aller le plus loin possible avant la nuit mais soudain j'ai perçu un léger bruit et quand je me suis retourné j'ai vu le corps de l'Inuite allongé sur la glace. Comment avais-je pu la laisser marcher aussi longtemps ? L'admiration que j'éprouvais pour sa volonté hors du commun m'avait aveuglé, elle était tout simplement en danger de mort. De la bave sortait de sa bouche et elle tremblait de fièvre. J'ai réaménagé le traîneau et déposé son corps sur les peaux en la couvrant le mieux possible puis j'ai repris ma marche en avant. La nuit est tombée peu après mais il n'était plus question de s'arrêter. Ce n'était peut-être qu'une illusion mais j'imaginais qu'une fois à la cabane elle aurait plus de chance de s'en sortir.

J'ai mis deux jours au lieu de trois à voir apparaître les contreforts de l'Île, il suffisait de réduire les temps de repos. Cependant chargés comme nous l'étions j'ai dû me résoudre à la contourner par le sud. Je me suis arrêté un court moment à la pointe pour donner à boire à l'Inuite mais elle ne pouvait rien avaler, elle crachait, s'étouffait, et j'avais l'impression que son corps entier prenait feu. J'ai repris le harnais animé par une volonté qui venait de je ne sais où. Je n'avais plus conscience du temps ni de la distance, je marchais comme un robot et seul comptait mon but. Aux premières lueurs de l'aube j'ai vu les cabanes au loin et jeté mes dernières forces. Une fois au pied de la pente j'ai pris l'Inuite dans mes bras, comme elle était légère, pour la porter jusqu'à sa couche en retardant le moment de poser les yeux sur elle. J'avais tellement peur qu'elle soit morte, mais non, elle respirait encore. Je l'ai recouverte de toutes les peaux que j'ai pu trouver, j'ai lancé un feu avec le bois qui restait, et tandis que l'atmosphère se réchauffait j'ai stocké grossièrement le produit de notre chasse dans le petit abri.

En revenant auprès d'elle il m'a semblé qu'elle s'agitait un peu moins et je me suis accroché à cet espoir. Peut-être qu'au-delà de la fièvre elle se savait revenue à sa tanière, qu'elle y trouvait un apaisement. Elle avait du sang sur tout le flanc et j'ai cru que mon raccommodage avait cédé, mais il s'agissait d'une autre blessure. Dans la panique je n'avais pas vu que l'ours l'avait touchée à un second endroit, au-dessus de la hanche. J'ai dû la déshabiller en partie pour nettoyer la plaie et confectionner un pansement avec des linges que j'ai déchirés. Je ne me préoccupais que d'une chose, la maintenir en vie, mais j'ai soudain pris conscience de la beauté de son corps. Je ne l'avais jamais regardée comme une femme, à cause des circonstances, mais aussi de ces vêtements épais qu'elle portait toujours, de cette cagoule qui dissimulait presque entièrement son visage, et maintenant je me rendais compte que, même au pire de la fièvre, la finesse de ses attaches, la régularité de ses traits, tout en elle rayonnait d'une forme de grâce. Elle a soudain toussé, bavé, et recommencé à marmonner. Je me sentais tellement impuissant, j'aurais voulu qu'elle désigne une plante, un secret qui soit le bon remède, puis elle a de nouveau sombré dans l'inconscience. J'ai éprouvé le sentiment d'être allé au bout de ce que je pouvais faire, maintenant tout allait dépendre de sa volonté de vivre. J'ai chargé le foyer du reste de sarments et je me suis allongé à côté d'elle, le plus près possible de son cœur, je voulais l'entendre, être certain qu'il continuait à battre et je me suis autorisé une chose dont je me croyais incapable. J'ai pris sa main.

9

Quand je me suis réveillé l'Inuite n'était plus à mes côtés, elle gisait au sol à demi consciente et tenait dans sa main crispée des herbes de la colline. Je me suis précipité pour la replacer sur sa couche et j'ai guetté un signe, une lueur dans son regard, mais rien ne s'est produit. En désespoir de cause j'ai préparé de la tisane avec les herbes qu'elle m'avait en quelque sorte désignées. J'étais incapable de me détacher d'elle. J'essayais régulièrement de la faire boire mais à chaque tentative elle crachait et s'agitait. J'entretenais le feu, je rajustais les peaux sur ses épaules et je guettais la moindre variation de sa respiration. À la fin j'ai accepté de simplement la veiller et je me suis demandé ce qui m'avait poussé, cette nuit, à prendre sa main.

J'avais beau remonter le temps, je n'avais pas le souvenir d'avoir accompli un tel geste avec quiconque. Que ce soit dans mes relations amoureuses, elles étaient bien trop furtives pour le permettre, ni même, ce qui pouvait sembler plus étonnant, en remontant à l'enfance. Ma propre mère ne m'avait jamais encouragé à le faire, et bien que je n'aie aucun doute quant à son affection, celle-ci se traduisait par des actes du quotidien, raccommoder un vêtement, préparer un goûter, et plus tard continuer de s'assurer que je ne manquais de rien même si je gagnais en un mois l'équivalent de ses économies, mais aussi singulier que cela puisse paraître, elle ne m'avait jamais pris dans ses bras. Était-ce lié à son parcours d'orpheline (elle avait grandi dans d'austères institutions) ou bien l'expression d'un caractère pudique à l'extrême ? J'ignorais la réponse à cette question, de même que je mesurais mal à quel point cette disposition affective m'avait influencé dans mon propre parcours. Peut-être que tout simplement je lui ressemblais ? En tout cas cette distance je l'avais établie moi aussi, en devenant adulte. Au point que je passais souvent pour insensible, voir indifférent, ce qui n'était pas vrai, mais je ne pouvais que l'admettre, je ne franchissais jamais le seuil de l'intime. Que je puisse m'aventurer dans ce territoire mystérieux, en présence de cette femme, avec qui je n'avais a priori rien en commun, me troublait profondément.

Enfin ses yeux se sont ouverts mais elle restait incapable de prononcer un mot. Elle a fait comme un signe à mon intention, puis de nouveau sombré dans l'inconscience. Je veillais à ce que le feu ne s'éteigne pas mais la réserve s'épuisait et j'ai dû me résoudre à une incursion sur la colline. J'ai fait le plus vite que je pouvais et quand je suis revenu, les bras encombrés de bois, l'Inuite s'était redressée sur sa couche et elle me regardait.

— Je veux boire, a-t-elle articulé.

Elle n'arrivait pas à tenir le gobelet et je l'ai fait pour elle.

— Alors tu m'as ramenée.

— Oui.

— Pourquoi ?

— J'ai besoin de vous pour le kayak.

— C'est vrai.

Elle revenait lentement à la vie, et puis soudain elle a semblé soucieuse.

— Tu t'es occupé des phoques ?

— Non.

— Il ne faut pas attendre. Derrière la cabane il y a un garde-manger. Tu dois débiter les animaux et tout stocker. Et surtout sépare bien les viscères de la chair.

— Je le ferais.

— Et les tendons il faut les ramener ici et les faire sécher.

— D'accord.

Ces quelques paroles l'avaient épuisée. Sa blessure devait la travailler.

— Ça va aller ? ai-je demandé.

Elle voyait que j'hésitais à la laisser.

— Ne t'inquiète pas pour moi. Fais ce que je dis.

J'ai déplacé les dalles qui se trouvaient sur le côté de l'abri et découvert un congélateur naturel aménagé dans la terre gelée. J'ai disposé des couches de glace entre les aliments, je me suis appliqué à séparer les différentes parties de l'animal, il y avait de la nourriture pour des semaines. Puis j'ai rapporté dans la cabane l'écheveau de fibres nerveuses que l'Inuite avait confectionné sur le rivage et disposé ces tendons plus ou moins longs à petite distance du foyer.

— Tu as bien séparé les organes ? a-t-elle répété.

— Oui, je l'ai fait.

— Maintenant tu dois t'occuper des peaux. Les outils sont sous l'estrade. Tu vas trouver une griffe pour arracher les poils et un tranchoir pour enlever la graisse… fais attention avec ce tranchoir.

Elle a soupiré brièvement et ses yeux se sont fermés. J'ai détaillé ses traits creusés par la fièvre, ses paupières assombries.

— Ne reste pas là comme un idiot, a-t-elle dit.

Je me suis attaqué aux peaux en plein soleil. C'était un travail très physique et j'ai compris ce qu'elle voulait dire pour le tranchoir, au moindre faux mouvement on risquait de déchirer la peau.

Je revenais régulièrement à la cabane sous un prétexte ou un autre, je gardais un œil sur elle. Je me suis approché pour écouter son cœur et il m'a semblé qu'il avait retrouvé une activité plus régulière. À ce moment elle s'est réveillée et j'ai fait un pas en arrière.

— Tu ne peux pas t'alimenter que de soupe, a-t-elle grogné.

— Ça va…

— Ne me contredis pas. Tu vas faire un ragoût, je vais te dire comment.

Je suis retourné à la cache pour prélever un bloc de chair puis je l'ai débité en morceaux et jeté dans l'eau frémissante.

— Il faut que tu laisses l'eau s'évaporer, a-t-elle précisé. Est-ce que je t'ai dit qu'il fallait tendre les peaux avec des pierres ?

— Oui, et je l'ai fait.

— Alors c'est bien. Quand l'eau se sera évaporée il faudra couvrir la gamelle et la retirer du feu.

— D'accord.

— Et maintenant viens près de moi. J'ai des choses à te dire.

— Ce serait mieux de vous reposer.

— Non, non, c'est important.

Je me suis assis à côté d'elle, ça ne servait à rien de la contredire.

— Je vais t'expliquer ce qu'il faut faire de moi si je meurs.

— Vous n'allez pas mourir, vous allez déjà beaucoup mieux.

— Ne crois pas ça, la fièvre est maline. Parfois elle fait semblant d'abandonner pour mieux revenir. Si je meurs tu dois me porter là-haut, à côté de mon inuksuk. Tu vois de quoi je parle ?

J'ai compris qu'elle évoquait la statuette et j'ai hoché la tête.

— Ne cherche pas à creuser la terre, chez les Inuits on recouvre de pierres le défunt pour que les animaux ne le mangent pas. Écoute bien ça, la tête doit être tournée vers l'ouest et veille à ne pas écraser le corps avec les pierres, c'est important d'être à l'aise dans la mort.

— Vous n'allez pas mourir, ai-je répété.

— Tu n'en sais rien. Tu as bien refermé la cache à viande ?

— Oui.

— Alors tout est en ordre. Maintenant je vais goûter ton ragoût.

Elle prenait de tout petits morceaux du bout des dents, elle mâchait très lentement.

— Il faudrait ajouter des baies. Je te dirai lesquelles.

— Vous voulez que j'aille en chercher ?

— Non, non, demain… Tu dois te reposer toi aussi. J'ai pensé à autre chose, tu ne connais pas mon nom. La personne qui s'occupe de la tombe doit connaître le nom du mort. Je m'appelle Anna Chenia Olgavik, tu t'en souviendras ?

— Oui, mais je ne vais pas faire votre tombe.

— Tu dois me dire ton nom, toi aussi.

— Je m'appelle Virgil Bauer.

Elle a respiré longuement, comme si elle se trouvait soulagée d'un tourment.

— Virgil...

— Oui.

— Tu sais beaucoup de choses sur moi maintenant, mais je ne connais rien de toi.

— Vous savez que je travaille dans le pétrole.

— Tu as une femme ?

— Non.

— Des enfants ?

— Non.

Elle a hoché la tête.

— Et il y a autre chose... pourquoi tu me vouvoies ?

— Parce que je vous respecte.

— Tu as raison, le respect c'est important. Mais tu devrais me tutoyer. Maintenant je vais dormir.

Elle s'est replacée sur sa couche et j'ai rassemblé mes affaires.

— Qu'est-ce que tu fais ? a-t-elle interrogé.

— Vous allez mieux alors je retourne à ma cabane.

— Je t'ai dit que la fièvre n'en avait pas fini avec moi, tu dois rester.

Elle s'est tournée sur le côté opposé à sa blessure. Je ne voyais plus son visage mais j'étais certain que la douleur se manifestait. Je me suis installé sur la marche de pierre où j'avais dormi lors de mon arrivée à la cabane. J'écoutais sa respiration, j'évaluais sa fréquence.

— C'était un bon tir, a-t-elle dit.

— Quoi ?

— Quand tu as tué l'ours.

Au beau milieu de la nuit elle s'est mise à parler dans son sommeil. Je ne comprenais rien à la langue inuite mais il m'a semblé qu'elle prenait à partie une personne. Comme elle l'avait prédit la fièvre revenait et je suis resté auprès d'elle qui s'agitait et délirait. J'ai mouillé un linge pour l'appliquer sur son front et tenté plusieurs fois de la faire boire. Elle crachait ou bien renversait le bol. L'ennemi qu'elle affrontait restait invisible à mes yeux, mais pour elle il était bien présent dans l'abri. Elle l'interpellait, le défiait, et puis à un moment il a dû partir, car elle s'est apaisée.

10

Ce sont les craquements du bois qui m'ont réveillé. Anna semblait aller beaucoup mieux. Elle s'était débrouillée pour ranimer le feu et maintenant elle se tenait assise sur le bord de sa couche, elle me regardait.

— Tu vois ces feuilles longues et fines, a-t-elle dit en me montrant une branche séchée qu'elle tenait dans sa main, ce sont celles d'un genévrier. Ses fruits sont violets, parfois presque noirs. C'est très bon contre l'infection et ton ragoût sera meilleur aussi.

Je me suis rendu sur la colline pour y récolter les baies et j'en ai trouvé sur l'autre versant, à foison. J'ai rempli mon sac à ras bord et longé la crête pour revenir, tandis que le jour se levait. Le rose colorait la glace puis le jaune a pris le dessus et l'astre solaire s'est lentement détaché de la banquise mère. Je suis resté à contempler cette aquarelle changeante et c'était une chose qu'auparavant je ne me serais jamais accordée. J'éprouvais le besoin de m'imprégner du cycle naturel, de marcher à son pas.

À mon retour dans la cabane, Anna s'était rallongée sur sa couche et me tournait le dos. J'ai pensé qu'elle dormait. J'ai ajouté les baies au ragoût, alimenté le feu.

— Il faut que tu viennes remuer de temps en temps, a-t-elle dit tout à coup.

— J'y compte bien.

J'ai retrouvé ma place au dehors, la préparation des peaux. Avec un peu de pratique je maniais plus judicieusement le tranchant, c'était une question de souplesse du poignet et d'angle de la lame. Je ressentais dans tous mes membres les efforts de ces dernières heures, ce combat bien au-delà de mes limites, et j'éprouvais une sensation nouvelle. Les questions sans réponses qui me hantaient depuis si longtemps, à propos de ma place en ce monde, me semblaient soudain dérisoires. Je grattais ces peaux, le soleil réchauffait ma nuque, je voulais seulement que cette femme reste en vie.

J'ai travaillé tout le jour et la lumière commençait à décliner quand Anna est sortie de la cabane. Elle se tenait debout en se cramponnant à un harpon, et si sa main tremblait un peu, il y avait dans son regard une lueur de malice. J'ai hoché la tête pour marquer ma désapprobation, ce qui n'a eu pour conséquence que de la conforter, elle avait réussi son effet. J'ai repris mon ouvrage tandis qu'elle s'approchait de moi. Elle tenait à vérifier que j'appliquais bien ses consignes.

— Je vais te trouver un grattoir moins agressif, a-t-elle commenté, celui-ci marque trop la peau.

— C'est moi qui ne sais pas m'en servir.

— Non, non… Ça dépend des animaux. Quand tu auras un peu avancé, il faudra commencer à mouiller les peaux… Est-ce que tu l'as vue ?

— Quoi ?

— La sterne…

J'ai porté le regard à l'endroit qu'elle me désignait, au niveau de la crête. L'oiseau s'était posé sur un promontoire rocheux.

— Elle nous a suivis…

— Je t'ai déjà dit que certains oiseaux s'attachent à l'homme.

J'ai travaillé encore un peu et Anna n'a pas pu s'empêcher de m'aider.

— Vous ne devriez pas, lui ai-je fait remarquer.

— Contente-toi de t'occuper de ton ouvrage.

Elle me donnait toujours des ordres mais sa voix se faisait plus aimable. Elle s'était installée en retrait, une grande peau sur ses genoux et de sa main valide elle arrachait les poils récalcitrants. Un peu plus tard, elle a voulu fumer et je lui ai apporté son matériel. Elle a bourré sa pipe elle-même et m'a demandé de l'allumer.

La lumière baissait rapidement et la banquise se teintait de lueurs mauves d'une profondeur envoûtante. Nous étions sur cette terrasse, tous les deux, la colline se préparait à la nuit. Les pierres murmuraient et le vent d'est parcourait la croûte neigeuse. Nous n'éprouvions pas le besoin de parler. Le soir venu nous nous sommes repliés dans la cabane et nous avons dégusté le ragoût qui s'est avéré bien meilleur.

— Tu ne me tutoies toujours pas, a-t-elle constaté.

— Je n'y arrive pas, ai-je répondu en haussant les épaules.

Elle a souri légèrement et je ne savais pas comment l'interpréter, puis elle a froncé les sourcils.

— Il va falloir que tu m'aides à changer le pansement.

Alors que je m'attendais à ce qu'elle soit très pudique, elle a procédé avec un naturel absolu et s'est présentée à moi torse nu, le visage lisse de toute émotion. J'ai défait le pansement existant. La plaie ne cicatrisait pas vraiment, tout autour la chair était enflammée. La bataille n'était pas terminée.

— Il faut appliquer une pommade sur la plaie, a-t-elle dit.

— La même que pour mes coupures ?

— Non, une autre qui est plus forte. Je vais prendre ton bras.

— D'accord.

— Je vais le serrer, je te préviens.

— Pas de problème.

Elle m'a tendu un petit pot de fer cabossé et quand j'ai dévissé le couvercle une odeur pestilentielle s'en est dégagée. J'avais envie de vomir et je me suis concentré sur ce que je devais faire. J'ai appliqué la pommade sur la plaie tandis qu'Anna s'accrochait à mon bras et, comme elle m'en avait averti, elle l'a pressé de plus en plus fort. À la fin ses ongles sont entrés dans ma chair, puis peu à peu elle a libéré son étreinte.

— Maintenant tu dois nettoyer tes mains, a-t-elle dit.

Je suis sorti pour plonger mes doigts dans la croûte gelée et j'ai imaginé l'effet que devait avoir cette pommade sur une plaie, tant elle agressait la peau. En revenant à la cabane j'ai vu qu'Anna essayait de passer le bandage autour de sa taille et je suis venu à son aide. J'étais tout près d'elle et sa respiration me frôlait, je sentais son regard posé sur moi que j'évitais, je m'appliquais à tendre le bandage.

— Ça va comme ça ? ai-je demandé.

— Oui.

— Pas trop serré ?

— Non, c'est bien.

J'avais alimenté le foyer tout le jour et comme les murs avaient emmagasiné cette chaleur nous avons laissé le feu s'éteindre doucement. Même si l'autre versant de la colline regorgeait de bois, un Inuit, par principe, évitait de gaspiller. La cabane est peu à peu devenue obscure, on n'entendait plus que les braises crépiter et j'ai vu comme une ombre traverser cet espace. Anna me rejoignait. J'ai soulevé un peu la grande peau et elle s'est allongée contre moi en cherchant mon bras. Elle m'a embrassé à l'endroit où elle avait planté ses ongles, puis elle n'a plus bougé et moi non plus.

11

Au matin Anna n'était plus là et dès que je suis sorti de l'abri je l'ai vue au loin sur la banquise, occupée à casser la glace. Apparemment elle avait décidé qu'elle était guérie mais peut-être aussi voulait-elle établir une distance. Plus je m'approchais, plus je devinais à son attitude qu'elle se tenait sur la défensive. Bien sûr elle m'avait vu venir, mais elle me tournait ostensiblement le dos.

— Tu devrais me laisser faire, ai-je dit.

Je la tutoyais maintenant. Ses ongles dans ma chair avaient réduit la distance entre nous, je ne voyais pas d'autre explication.

— Je vais mieux, a-t-elle répondu sans lever la tête.

— Je n'en doute pas, mais...

Elle s'est redressée d'un coup et je me suis demandé si elle n'allait pas m'embrocher avec son couteau.

— Je décide de ce que je fais ! a-t-elle crié.

— Très bien.

— Et je n'appartiens à personne.

— D'accord, mais laisse-moi au moins porter le seau.

Elle a continué de manier sa lame avec rage puis son travail achevé elle s'est éloignée en direction de la cabane. Elle s'appuyait sur le harpon et on voyait bien que sa blessure la faisait encore souffrir, mais pour rien au monde elle n'aurait montré sa faiblesse.

Je me suis contenté de déposer la glace à l'entrée du tunnel d'accès et j'ai jugé plus prudent de rester au dehors. Dans la nuit les peaux avaient durci et maintenant il fallait les assouplir, reprendre le grattage encore et encore. Je n'étais pas fâché de l'attitude d'Anna, à vrai dire je n'étais guère plus à l'aise qu'elle vis-à-vis de ce qui s'était passé dans la nuit. Je ne l'avais pas vu venir.

Dans les heures qui ont suivi elle a tout fait pour m'éviter, c'était un vrai ballet. Quand j'avais besoin d'entrer dans la cabane elle trouvait à faire du côté du garde-manger, je l'entendais grogner et j'imaginais que mon rangement n'était pas à son goût. Et quand je reprenais ma place au dehors elle se repliait vivement auprès du feu. Alors que je traquais les résidus de graisse qui s'accrochaient encore, la sterne s'est posée à quelques mètres de moi. Elle s'enhardissait et je ne l'avais jamais vue d'aussi près. Son plumage gris et blanc soulignait l'élégance de sa ligne et son bec rouge vif lui donnait toute sa personnalité. Elle a déployé lentement ses ailes et, même à l'arrêt, elle donnait l'impression de fendre l'air. Je lui ai jeté un morceau de chair qui pendait encore à la peau, mais à ma grande surprise elle l'a dédaigné.

— Elle n'a pas besoin de toi pour manger, a commenté Anna dans mon dos. Si elle veut quelque chose, elle le prend.

Elle se tenait debout à l'entrée de la cabane et nos regards se sont mesurés.

— Ce sont des caractères indépendants, ai-je répondu.

Elle savait très bien à quoi je faisais allusion, au-delà de l'oiseau.

— Quand tu auras fini avec les peaux, il faudra s'occuper des tendons, a-t-elle ajouté.

Nous nous sommes installés sur l'estrade, l'un en face de l'autre. Je devais tenir fermement la fibre tendineuse tandis que, de l'autre côté, Anna la maintenait en tension et s'efforçait d'ébarber les scories de chair. Puis elle le lissait et le torsadait afin d'augmenter sa souplesse. Certaines sections du tendon, celles qui couraient le long de la colonne vertébrale de l'animal, pouvaient mesurer plus d'un mètre. D'autres, comme celles qui commandaient les nageoires, étaient bien plus courtes, mais j'avais conscience que nous avions besoin de chaque brin pour assembler les peaux. Parfois je résistais trop fort à un à-coup qu'Anna donnait au tendon, parfois c'était le contraire, et cette situation avait tout d'un jeu.

— Alors tu n'es pas marié, a-t-elle constaté d'un ton un peu moqueur.

— Non.

— Tu es comme ces hommes dans les bases qui se saoulent et cherchent des aventures.

— Je te l'ai déjà dit, je n'aime pas trop boire.

— Quand même, tu as eu des femmes ?

— Quelques-unes, oui.

— Mais tu ne les as pas gardées.

— Non.

— Chez nous il n'y a que les fous et les infirmes qui n'ont pas de femmes, tu le sais ?

— Je suis peut-être un peu les deux…

Son visage s'est éclairé d'un sourire et je l'ai ressenti comme une victoire. L'appréhension qu'elle avait exprimée au réveil avait disparu. Je me suis demandé comment j'avais pu ne pas tomber sous son charme dès notre rencontre. À l'évidence je m'étais menti à moi-même. Elle a profité d'un instant où je la regardais d'une manière un peu idiote pour tirer sur le tendon par surprise et j'ai basculé en avant, elle était contente de cette ruse et son rire a éclaté dans l'abri. J'ai tiré à mon tour sur le lien, très fort, et elle s'est retrouvée contre moi. Je n'avais déjà plus beaucoup de défenses, les siennes ont cédé d'un seul coup.

Nous sommes restés l'un contre l'autre jusqu'à la tombée du jour sans éprouver le besoin de parler. Nous nous sommes contentés de ranimer le feu, de boire un bol de soupe. Il avait fallu contourner sa blessure à la hanche, prendre soin de son bras, mais ça ne nous avait pas empêchés de nous rejoindre. Nous nous sommes endormis tard dans la nuit et le matin venu elle était déjà levée, mais cette fois je ne l'ai pas trouvée sur la banquise. Elle avait dû rendre visite à son inukshuk.

J'ai repris mon travail avec les peaux mais plus je me rapprochais de son achèvement, plus je ralentissais. Partir n'était plus mon obsession et je m'engageais toujours davantage sur le chemin du temps présent. Le soleil montait dans le ciel et réchauffait mes membres, le murmure de la glace m'accompagnait dans l'effort. Un petit rongeur a pointé le museau entre les pierres, il était si proche que j'aurais pu m'en saisir. Il m'a observé un moment, puis m'a contourné, il cherchait sans doute à mes pieds un peu de nourriture mais il ne semblait pas préoccupé le moins du monde par ma présence. J'en ai déduit que je faisais désormais partie de son univers, en tant qu'habitant à part entière d'Isachsen.

Anna est redescendue de la colline et tandis qu'elle passait derrière moi je me suis abstenu de poser la moindre question. J'ai continué à brosser les peaux, peut-être avec davantage de nervosité. Je croyais qu'elle était entrée dans la cabane quand soudain j'ai senti sa présence, et sa main s'est posée sur la mienne pour m'obliger à plus de retenue.

— C'est mon fils qui est là-haut, a-t-elle dit doucement. Celui que j'ai eu avec le Russe.

Sa main continuait d'accompagner mon mouvement et je sentais son souffle.

— Quand je me suis enfuie de la station nous avons affronté une grande tempête et il a pris froid.

— Quelqu'un t'a fait du mal dans cette station ?

— Ce n'est pas ce qui compte. Ce qui compte c'est que je n'ai pas pu protéger mon fils. Quand nous sommes arrivés à la cabane il était déjà mourant et toutes les plantes de l'île n'ont rien pu faire. Voilà, je te l'ai dit. Maintenant il est temps de recouvrir l'oumiak.

Anna s'est appliquée à étirer les peaux autour de la carcasse. Elle utilisait un tranchant très affûté et procédait par petites découpes, comme une couturière avec un patron. Il était fascinant d'observer l'économie de ses gestes, leur netteté, et tandis qu'elle s'activait, l'embarcation prenait forme.

— Je vais te montrer comment percer, a-t-elle dit, mais il va falloir que tu sois très attentif. Si les trous sont mal faits, les liens peuvent se distendre et le bateau prendra l'eau.

— Je ferai attention.

Elle utilisait une sorte de pointeau en ivoire pour percer le cuir, mais ce n'était pas le plus difficile. L'important, comme elle le disait, était que chaque trou soit à égale distance du bord. Elle m'a observé un moment, tandis que je m'appliquais à l'imiter, avant de décréter que je pouvais me débrouiller seul, puis elle s'est attaquée à la couture proprement dite, si bien qu'à la nuit le kayak était presque achevé.

— Maintenant il faut faire bouillir de l'eau et l'arroser régulièrement. La peau va se tendre et les tendons vont gonfler. C'est ce qui le rendra étanche.

J'ai suivi ses conseils à la lettre en revenant arroser le bateau constamment, et plus je le regardais, plus je le trouvais beau, notre œuvre commune. Puis Anna a considéré que nous avions bien travaillé et je suis resté avec elle auprès du feu. Entretemps elle avait gratté la pagaie, on aurait dit qu'elle venait d'être taillée. Je l'ai prise en main et elle m'a semblé étonnamment légère.

— Merci, ai-je dit.

— Ce bois n'existe plus par ici, tu as de la chance.

Je voyais dans ses yeux que ce don marquait vraiment mon départ, mais comme toujours avec elle, il était hors de question d'exhiber ses sentiments. Elle avait préparé un pâté de viande qui se mangeait roulé dans des feuilles de sauge et c'était délicieux, puis nous sommes restés côte à côte à regarder les braises s'amenuiser.

— Parle-moi d'où tu vis, a-t-elle dit.

— Je n'y vis pas vraiment. C'est un peu comme un hôtel.

— Tu n'as pas une terre où tu te sens chez toi ?

J'ai soupiré, pris le temps de lui répondre.

— Il y a peu de temps je t'aurais dit non...

— Et maintenant ?

— C'est possible que j'aie un endroit, un champ de cailloux face à la mer.

Elle a souri.

— Mon père prétendait que chaque terre à quelque chose à donner, mais pas forcément ce que l'on attend.

— Pourquoi tu ne viendrais pas avec moi ?

Les mots m'avaient échappé mais je n'en avais pas honte, c'était ce que je voulais lui demander depuis le matin.

— C'est impossible et tu le sais, a-t-elle répondu calmement.

— Je te demande juste d'y réfléchir. Tu peux découvrir un autre monde, tu peux revenir, tu es libre.

Elle a posé la main sur ma poitrine.

— Il faut que tu comprennes. Je suis la gardienne.

— La gardienne ?

— Oui.

— Mais tu dis que les choses importantes sont en nous.

— C'est vrai.

— On peut se déplacer avec elles, alors ?

Son regard avait perdu sa méfiance et j'ai eu le sentiment qu'elle hésitait.

— Promets-moi juste d'y penser.

Elle a hoché la tête.

— D'accord.

12

On aurait dit que les esprits de la banquise nous rendaient visite. Des flocons de neige descendaient par le conduit et voletaient dans l'espace autour de nous. Anna s'était endormie tout contre moi et j'avais l'impression que le moindre geste pouvait anéantir ce moment miraculeux. Je voulais juste qu'il dure, puis elle a ouvert les yeux et s'est redressée, habillée à la hâte.

— Viens ! a-t-elle dit, avant de disparaître dans le tunnel.

Nous nous sommes retrouvés tous deux pieds nus dans la neige qui continuait à tomber. Le spectacle qui nous était offert coupait le souffle et nous pouvions avoir le sentiment qu'il nous était réservé.

— Une neige d'été, a dit Anna, je n'en ai pas vu depuis des années.

Nous sommes restés à contempler ce paysage, enveloppés par cette douceur, car il ne faisait même pas froid et puis la neige s'est arrêtée de tomber.

— Nous devons faire une promenade ! s'est exclamée Anna.

— Maintenant ?

— Bien sûr ! C'est le moment le plus beau, juste après la tombée.

Nous nous sommes retrouvés sur la crête au moment où le soleil perçait. L'île était comme recouverte d'un voile soyeux, elle étincelait dans la lumière du matin. Nous avons marché dans cette blancheur et j'ai pensé à ce moment que la nature pouvait donner envie de croire en Dieu. Nous nous sommes arrêtés un peu avant le point culminant de l'île. Le silence était impressionnant. On aurait dit que le temps s'était arrêté et je me suis approché d'Anna.

— Tu as réfléchi à ma proposition ? ai-je demandé.

Elle s'est retournée vers moi et m'a embrassé.

— Tu ne me réponds pas, ai-je insisté.

— C'est trop tôt…

— Alors j'attendrai.

— Tu n'es plus pressé de traverser ?

— Plus vraiment.

Elle a hoché un peu la tête, puis soudain son visage s'est éclairé d'une lueur enfantine.

— Il faut faire des glissades !

— Des glissades ?

— La neige n'est jamais aussi bonne. Après elle devient dure et c'est trop dangereux.

— Je ne crois pas que ce soit une bonne idée. Tu risques de rouvrir tes plaies...

Elle a froncé les sourcils.

— Rappelle-toi que je prends mes décisions seule. Tu ne veux pas me fâcher ?

J'ai soupiré. Je savais qu'à la fin elle gagnerait alors autant céder tout de suite.

— D'accord, mais promets-moi d'être prudente.

— Toi, tu vas devoir être prudent !

— Je ne sais même pas si je peux le faire...

— Bien sûr que si. C'est facile !

Je n'ai pas eu le temps de réagir qu'elle avait déjà basculé dans la pente. La facilité avec laquelle elle négociait sa descente avait quelque chose d'irréel. Elle modelait sa trajectoire en prenant de légers appuis avec les paumes mais la plupart du temps un simple mouvement de hanche lui suffisait à se diriger. Je la regardais faire, bouche ouverte, déjà elle avait atteint la banquise et me faisait signe.

À mon tour je me suis lancé dans la pente en cherchant à freiner ma vitesse le plus possible. J'entendais au loin ses conseils bientôt supplantés par ses rires, elle se moquait de moi mais je m'en fichais, elle semblait si heureuse. Je suis arrivé en bas tant bien que mal mais pour elle ce n'était pas terminé et il a fallu remonter aussitôt. Cette fois elle a voulu que je parte le premier, puis elle m'a suivi pour mieux me conseiller mais ça n'a rien changé. Je ressemblais à une tortue sur le dos qui cherchait désespérément à s'orienter et j'ai fini par en rire moi aussi. Nous nous sommes retrouvés au bas de la pente, couverts de poudreuse, et nous sommes battus comme des enfants. Si elle voulait remonter j'étais bien décidé à lui tenir tête mais elle m'a pris de court.

— Tu me laisses en faire une dernière !

— Tu es sûre ?

— S'il te plaît.

— Tu ne sens pas tes blessures ?

— Mais non. Tout va bien. Après je te promets de rentrer. Il n'y aura plus de neige avant longtemps tu sais.

Elle avait ce merveilleux sourire maintenant. Après tout ce qu'elle avait affronté, elle était intacte.

— Alors d'accord, ai-je concédé.

Elle m'a embrassé vivement puis s'est retrouvée là-haut en un éclair. Si je doutais encore de sa guérison c'en était la preuve. Elle est restée un moment à l'aplomb de la pente, elle devait contempler son monde, décréter qu'elle en était la reine, puis elle s'est décidée. Il m'a semblé qu'elle glissait encore mieux que lors de ses précédentes tentatives mais c'était peut-être parce que mon point de vue avait changé. Elle dessinait de légères courbes, juste pour son plaisir, et maîtrisait sa glisse à la perfection. Elle allait si vite qu'elle touchait la neige de l'épaule, pour un peu elle aurait pu l'embrasser. Elle est arrivée à la hauteur d'une légère bosse et j'ai pensé qu'elle allait l'épouser en douceur mais il s'est passé quelque chose que je n'ai pas compris sur le moment. J'ai entendu un bruit sourd et l'instant d'après son corps a commencé à tournoyer lentement jusqu'à s'immobiliser.

Je l'ai appelée à distance mais elle ne réagissait pas et je me suis mis en mouvement, au début lentement, puis j'ai commencé à courir. La neige profonde me freinait mais aussi la peur qui montait en moi. À la fin mes jambes se sont dérobées et je me suis effondré à la vision de ce si beau visage baignant dans le sang, de ce corps inerte. Ma main tremblait quand je l'ai posée sur elle, je pleurais, je balbutiais, tandis que la flaque de sang ne faisait que grandir. Je voulais ôter ce sang de son visage mais je n'y parvenais pas. J'en avais sur les mains, partout. Je me suis penché pour écouter son cœur, comme un ultime déni du réel mais il avait cessé de battre, et j'ai porté le regard du côté de la bosse. Maintenant que le passage d'Anna avait enlevé la neige, le rocher affleurait. Son crâne l'avait heurté de plein fouet.

Je l'ai prise dans mes bras le plus délicatement possible et je suis resté avec elle dans cette immensité muette. Une de ses mains pendait et je l'ai ramené contre moi comme on fait avec une poupée. Je l'ai revue en haut de la pente, rieuse et dominant son monde, puis dessinant des courbes avec grâce. Et maintenant elle était morte.

J'ai quitté ma veste pour couvrir son visage, je ne supportais plus de voir ce sang, et je me suis décidé à rentrer à la cabane. Toute la nuit je l'ai veillée. J'ajoutais du bois constamment, il ne fallait pas que ce feu s'éteigne. Le sang avait coagulé dans ses cheveux maintenant et j'ai pu laver son visage, lui rendre toute sa beauté. Hormis cette horrible fracture sur le côté du crâne, elle était intacte. Je l'ai vêtue de ses plus beaux habits et je me suis allongé à côté d'elle. J'ai pris sa main froide et je ne l'ai plus lâchée. On pouvait se marier au-delà de la vie et de la mort, j'en ai eu la conviction à ce moment, et surtout la relativité de nos actions terrestres était une évidence. Ce périple que j'avais accompli autour de la planète, tous ces avions, ces hélicoptères, ces bateaux, ces chantiers, ce grand barnum colonial, ne pesait rien en comparaison de ces moments en compagnie d'Anna. On pouvait traverser la vie comme un fantôme, mais un écart sur votre route pouvait faire de vous un être vivant. Elle avait réussi ce prodige.

Le matin venu je l'ai enveloppée dans la peau de l'ours et emmenée auprès de son enfant. Je crois qu'il n'y avait plus un rocher sur la colline quand j'ai achevé son tombeau et j'aurais voulu me transformer en pierre, moi aussi. Puis je suis resté là, tout un jour et la nuit d'après.

La banquise en chacun de nous

1

C'est la sterne qui m'a obligé à réagir. Elle a commencé à voleter au-dessus de moi, puis à faire un boucan du diable, et comme je ne bougeais toujours pas, elle m'a donné des coups de bec, jusqu'à ce que je sorte de ma torpeur. Je suis revenu aux cabanes et je me suis assis sur le banc de pierre où Anna fumait sa pipe. J'ai pensé aux mots qu'elle avait prononcés après la tempête, à la nécessité d'accepter, tandis que l'oiseau s'est posé à distance. On aurait dit qu'il m'observait, attendait une réponse. Alors j'ai hoché la tête, face à l'immensité.

— D'accord, ai-je dit.

Il fallait mettre de l'ordre dans la cabane. Je ne devais pas oublier sa fonction première qui était de servir de refuge, et tandis que je rangeais les outils, m'assurait que la nourriture était bien préservée dans les caches, que les réserves d'huile et de bois étaient pleine, j'ai fait mes adieux à la tristesse. Tout ce que je pouvais faire c'était perpétuer le cycle vital. D'autres voyageurs passeraient par ici, des égarés, des chasseurs, peu importe, ils auraient de quoi se chauffer, se nourrir, reprendre leur souffle. La cabane serait toujours là pour quelqu'un.

J'ai levé le camp aux aurores, je voulais être certain d'atteindre la mer libre avant la fin du jour. J'ai emporté ce qui me semblait nécessaire à ce retour, pas plus : une grande peau, de quoi faire un feu, un peu de nourriture, et ce qu'il fallait pour réparer au cas où je touche un rocher. J'ai rangé le tout dans le kayak, puis j'ai dit au revoir à Anna. Je n'avais plus besoin de me prostrer sur sa tombe. Elle était partout.

Rejoindre la pointe sud de l'île m'a semblé presque facile, j'étais devenu un vrai marcheur du pôle, mais j'ai eu un choc en ne reconnaissant plus le rivage à l'endroit où je m'étais retrouvé sur le glaçon. La banquise avait encore reculé. Le réchauffement poursuivait inexorablement son œuvre.

J'ai établi mon bivouac non loin d'une faille qui devait me permettre de mener le kayak à l'eau sans effort et je me suis installé à même cette glace vive qui ne cessait d'être soumise à des tensions impressionnantes. Maintenant j'étais habitué à ces craquements qui m'ont bercé une partie de la nuit, ils faisaient pour ainsi dire partie de moi-même, mais de là à dormir, il ne fallait pas trop en demander. J'avais tellement de choses en tête, tant d'émotions qui se bousculaient.

L'aube s'est levée sur le bras de mer et j'ai bu un bol de soupe froide en me souvenant à quel point ce goût amer me rebutait, au début de ma vie à la cabane, comme je le recherchais maintenant. Je rassemblais mes affaires quand j'ai entendu un cri dans le ciel que j'ai reconnu aussitôt. La sterne avait décidé d'accompagner mon départ. J'ai vérifié mon chargement une dernière fois. J'avais emporté le minimum afin de ne pas trop alourdir mon embarcation. J'étais prêt. J'avais gardé la petite pipe qu'Anna m'avait donnée après m'avoir vu m'allonger sur la glace, cette nuit où la banquise avait commencé d'entrer en moi. Je me suis accroupi au bord du rivage pour fumer en m'efforçant de voir loin, au-delà des petites îles qui se détachaient dans la lumière naissante. La sterne dessinait des courbes dans le ciel, il était temps de partir.

Je me suis glissé dans le frêle esquif, j'ai donné deux coups de pagaie et senti que le kayak filait déjà en oscillant légèrement autour de l'axe de mon corps. Je me suis appliqué afin que les extrémités de la pagaie entrent dans l'eau d'une manière précise et régulière, c'était peut-être idiot, mais je voulais qu'Anna soit fière de moi.

Passé la pointe, la brise de mer s'est fait plus présente mais elle n'influait pas sur le cap et je me suis concentré sur ma position. Il ne fallait pas longtemps pour comprendre qu'en kayak, toute débauche d'énergie, toute crispation, se traduisait par une fatigue prématurée. Je me suis efforcé de trouver une assise confortable et une cadence à ma portée. J'ai pagayé de cette manière deux bonnes heures, la sterne était toujours là, on aurait dit qu'elle me montrait le chemin, et puis à un moment elle a crié, trois fois, et j'ai compris qu'il s'agissait d'un adieu. D'un coup d'ailes, elle s'en est retournée au royaume des glaces.

À tort ou à raison j'avais le sentiment que lorsque j'atteindrais les îlots, le plus dur serait fait. Naviguer en pleine mer sur une aussi frêle embarcation ne me rassurait pas et j'imaginais qu'une fois ces rivages à proximité, il ne pourrait plus rien m'arriver de grave. Mais l'ironie du sort a voulu justement que ce soit au moment où j'approchais de la terre que ma situation s'est dégradée. La brise s'était transformée en risées qui secouaient mon embarcation de plus en plus rudement, la mer a commencé à se former.

J'ai accéléré la cadence en visant le rivage le plus proche mais il était déjà trop tard. Malgré tous mes efforts non seulement je n'ai pas pu atteindre ce refuge mais je me suis retrouvé déporté du mauvais côté des îlots, dans un chenal où la houle déferlait. Je luttais pour ne pas dériver davantage mais j'avais désormais un autre problème car à chaque fois que le kayak se retrouvait dans un creux il s'enfonçait dangereusement dans les flots et embarquait de l'eau. J'ai sacrifié tout ce que j'avais emporté mais le vent forcissait encore et je n'ai plus du tout contrôlé ma navigation. Comment avais-je pu me croire apte à une telle traversée, avec si peu d'expérience, dans ces eaux si changeantes ?

Le chenal s'ouvrait maintenant sur un espace maritime dont je ne percevais pas les limites et je me suis retrouvé sans repère aucun tandis que la lumière déclinait et que mes forces s'épuisaient. Une vague énorme s'est formée devant moi et l'embarcation s'est dressée vers le ciel. Elle est restée en équilibre sur la crête liquide un bref instant, puis elle a basculé de l'autre côté et glissé dans le creux à une vitesse vertigineuse. Le haut de mon corps a disparu dans les eaux froides et tout ce que j'ai tenté de faire pour me rétablir a échoué. Je me suis extrait du cockpit et raccroché comme je pouvais à cette coque de noix qui naviguait désormais sur le ventre. Combien de temps allais-je encore pouvoir tenir ? Sûrement pas longtemps, même si je parvenais à retourner le kayak, j'avais laissé filer par le fond la pagaie, j'étais désormais condamné à dériver.

J'ai pensé à Chassain, assis au bord de la crevasse avec le revolver entre ses mains. J'ai visualisé mentalement ce que j'allais faire, lâcher prise et laisser mon corps s'enfoncer dans les flots, en espérant que le froid écourte mes souffrances. J'ai senti la profondeur qui m'appelait et j'ai vu Anna qui me tendait la main, quand soudain une lumière m'a frappé en plein visage.

Elle avait surgi de l'obscurité si brutalement qu'elle m'a fait mal et tout est devenu éblouissant de blancheur. J'ai distingué un appel, puis un autre, sans pouvoir identifier leur provenance et peu de temps après la vedette à moteur est apparue, si proche que j'ai cru qu'elle allait me passer dessus. Puis j'ai senti qu'on m'arrachait à ce tombeau liquide et que la main d'Anna s'éloignait.

Je me suis retrouvé sur le pont d'un bateau au milieu d'une grande agitation. Je ne voyais pas distinctement le visage de mes sauveteurs mais ils portaient un uniforme et s'exprimaient en anglais. Ce devait être des garde-côtes. Ils m'ont transporté dans la cabine et enveloppé d'une couverture de survie tandis qu'un d'entre eux me prenait le pouls et qu'un autre examinait ma rétine. J'ai ressenti une légère douleur au niveau de l'avant-bras et j'en ai déduit qu'on me faisait une piqûre.

— Pouvez-vous nous donner votre nom ? a demandé un troisième homme que je n'avais pas vu arriver.

— Je m'appelle Virgil Bauer, ai-je dit faiblement.

La piqûre commençait à faire son effet et peu à peu je me suis détaché du réel. Dans la salle commune de Resolute Bay, avant de m'envoler pour Meighen, j'avais vu des affichettes qui proposaient des excursions en canoë dans la région. Ils devaient me prendre pour un touriste, c'est la dernière pensée qui m'est passée par l'esprit avant de sombrer.

2

Je suis revenu à moi dans une chambre médicalisée. Un docteur était assis au bord du lit de fer sur lequel j'étais allongé et il remplissait un formulaire qui devait me concerner. Il a vu que j'ouvrais les yeux et son visage s'est animé d'une vive satisfaction.

— Eh bien, vous voilà parmi nous, a-t-il dit, je suis le docteur Lambertin et vous êtes au centre de soin de Devon.

J'avais l'impression qu'il s'agissait d'une représentation théâtrale. Tout était trop propre dans cette pièce, trop lisse, et sa voix de bon docteur résonnait. Moi-même, je jouais le rôle du naufragé mais j'avais l'impression d'être un imposteur.

— Je ne suis pas à Resolute ?

— Juste un peu plus à l'est, mon ami, et vous êtes un sacré veinard, si je peux me permettre. À part ça vous avez frôlé l'hypothermie et votre tension est un peu basse, mais vous devriez vous en tirer.

Massif, la barbe foisonnante, on aurait dit un bûcheron plutôt qu'un praticien et son accent québécois était fortement marqué. Une infirmière qui se tenait à la porte l'a sollicité et il est allé parler avec elle dans le couloir avant de revenir vers moi.

— Ces messieurs de la police locale ont quelques questions à vous poser. Je leur ai demandé d'être brefs.

Peu après les deux policiers sont entrés, un gosse et un vieux briscard qui portait une veste de l'armée canadienne et des galons de sergent. Ils ont déplacé les chaises qui se trouvaient contre le mur pour se tenir au plus près du lit.

— Nous devons vous poser quelques questions liées à votre identité et au fait qu'on vous a repêché dans les eaux territoriales du district. Vous avez déclaré être monsieur Virgil Bauer.

— C'est exact.

La version des faits que je leur ai donnée excluait la rencontre d'Anna mais aussi l'épisode lié à la station. C'était une décision que j'avais mûrie en quittant la cabane. Je ne voulais à aucun prix partager ce que j'avais vécu sur Isachsen, c'était trop personnel, ni raconter les événements qui avaient précédé la rencontre d'Anna, car ce serait des questions à n'en plus finir, une enquête qui durerait peut-être des années, je connaissais suffisamment la compagnie pour savoir qu'elle ne me laisserait jamais tranquille. J'ai confirmé aux policiers être le seul survivant de l'explosion et que j'avais utilisé l'autochenille pour tenter de rallier Resolute par le chemin le plus court, avant de la perdre dans la débâcle. J'avais alors poursuivi mon raid à pied, survécu grâce à la découverte d'une cabane d'hivernage où j'avais trouvé des vêtements chauds, une réserve de nourriture et le kayak laissé par un précédent occupant. Après quoi je m'étais décidé à traverser le bras de mer.

Les policiers n'ont pas semblé s'étonner de mon récit, il faut dire qu'ils connaissaient mieux que moi la tradition inuite et le rôle que jouaient les cabanes dans la survie. Ils voulaient surtout que je leur confirme l'identité de mes collègues morts et que je livre ma version de l'accident.

— Je ne peux pas beaucoup vous aider, leur ai-je répondu à ce sujet. J'étais dans une cabine au moment où se sont produites les explosions. Je n'ai rien compris à ce qui se passait et tout ce que j'ai pu faire c'est m'échapper du bateau.

Le sergent s'est assuré que son collègue avait tout consigné et m'a fait signer le procès-verbal.

— Pour nous ça suffira, mais demain le juge sera là pour l'instruction.

— L'instruction ?

— Au sujet de la plainte. Vous n'êtes pas au courant ?

Je l'avais oublié celui-là. Évidemment l'accident rebattait les cartes et ce bon Jacob Lederman devait s'activer afin de mettre Radom en difficulté. L'infirmière est revenue au moment où les policiers se levaient et elle m'a tendu un téléphone cellulaire.

— Vous allez recevoir un appel, a-t-elle dit, c'est votre compagnie.

Ils ne perdent pas de temps, ai-je pensé. Je suis resté seul avec l'appareil dans les mains en me demandant qui allait se trouver à l'autre bout du fil : Andrieux, pour tenter d'évaluer si le matériel était en cause, Albret, le conseiller juridique, pour me suggérer des éléments de langage en vue de l'audition qui m'attendait ? Mais c'était le patron en personne dont j'ai entendu la voix un peu perchée.

— Ah, Virgil, c'est magnifique ! s'est-il exclamé, voilà une nouvelle qui nous fait chaud au cœur ! Bien sûr nous avons une pensée pour vos camarades. C'est terrible n'est-ce pas ?... Enfin. Nous vous attendons avec impatience, vous savez. Je vais vous passer Dangerville. Alors à très vite mon garçon !

Il y a eu un blanc au téléphone et je me suis retrouvé en communication avec cet homme qui était le conseiller spécial du président. Je ne l'avais jamais rencontré mais il se disait qu'il faisait le lien entre la compagnie et le ministère et que son passé à la direction du renseignement français facilitait beaucoup les choses.

— Mon cher Virgil, a-t-il commencé, j'espère que vous êtes entre de bonnes mains.

— Je le suis, ai-je confirmé.

Après quelques formules de circonstances il en est venu à l'essentiel. Il voulait s'assurer que j'étais conscient d'être au cœur d'une affaire plus que sensible, je devais bien sûr éviter tout contact avec la presse, d'une manière générale parler le moins possible. Et quand j'ai demandé qui allait venir me récupérer, si c'était Gaude, il a balayé cette éventualité comme incongrue. Il serait là dès le lendemain avec l'avion privé de la compagnie, et pour ce qui était des policiers et du juge, il en faisait son affaire. Je n'ai pu m'empêcher de sourire pour moi-même. Le patron qui appelait en personne, son éminence grise qui venait me chercher, la compagnie était sur le pied de guerre.

À peine avais-je abandonné le téléphone que l'infirmière est revenue pour tirer les rideaux, vérifier que j'avais pris mes cachets.

— Finis les visites et les appels, a-t-elle grondé, je veux vous voir faire le tour du cadran.

Je me suis pourtant réveillé dans la nuit un peu anxieux de ce qui m'attendait. J'avais fait mon affaire des policiers mais le juge serait probablement plus pointilleux, et si vis-à-vis de Chassain je n'éprouvais pas de scrupules (le fait que sa famille ignore notre pitoyable odyssée et son suicide me paraissait plutôt un bien), passer sous silence les dommages naturels causés par la station constituait pour moi un vrai dilemme.

Je me suis rendu dans la salle de bains et j'ai scruté longuement ce drôle de type dans le miroir puis j'ai allumé le téléviseur par réflexe. Il semblait si ancien que je doutais qu'il fonctionne mais l'image est apparue presque aussitôt et la plupart des chaînes étaient disponibles. Je suis passé de l'une à l'autre jusqu'à tomber sur cette bonne vieille CNN. Manille avait été dévastée par un ouragan et le G7 consacré à la dette africaine s'était achevé dans la confusion, en fin de compte c'était toujours un peu la même chose. Soudain j'ai vu apparaître mon portrait. Je ne sais pas comment ils s'étaient procuré cette photo. « Le survivant des glaces ». Voilà ce que j'étais. J'ai tenté de m'endormir mais sans succès, et ce n'est qu'en m'allongeant à même le sol, enroulé dans une couverture, que j'y suis parvenu.

3

Une rumeur en provenance du couloir a mis fin à cette nuit réparatrice. J'ai tiré le rideau et me suis approché de la fenêtre pour constater qu'elle donnait sur une cour peuplée de poubelles et de 4x4. J'avais retrouvé la civilisation.

J'ai voulu sortir de la chambre et je me suis retrouvé face à un costaud, cheveux courts et regard vide, qui portait une oreillette.

— Bonjour monsieur Bauer, a-t-il dit, ce serait bien que vous puissiez vous habiller, nous n'allons pas tarder à partir.

— Ah…

La rumeur provenait de l'accueil et en me penchant j'ai reconnu la silhouette de Dangerville qui faisait face à un essaim de journalistes.

— Monsieur, ce…

Le garde du corps s'est interrompu. On lui parlait dans l'oreillette.

— Je te donne le top, a-t-il dit à son collègue qui devait organiser notre départ. Monsieur, s'il vous plaît…

J'ai hoché la tête et je me suis replié dans la chambre. J'ai porté le regard sur les vêtements, soigneusement disposés sur la chaise. Ils avaient dû trouver mes mensurations sur la fiche de renseignement de la compagnie et les déposer là pendant mon sommeil. Ils étaient légèrement trop grands, car j'avais beaucoup maigri lors de mon odyssée. J'ai ressenti une impression étrange en enfilant la veste aux couleurs de Radom, le sentiment de me déguiser.

Nous sommes sortis par l'arrière du bâtiment afin d'éviter toute rencontre inopportune et je me suis engouffré dans un Ramcharger aux vitres teintées où se trouvait déjà Dangerville. Il était parvenu à se débarrasser de la meute et pianotait sur son portable tandis que le garde du corps s'est assis à côté du chauffeur. Le gros 4x4 a contourné l'édifice et nous sommes passés à la hauteur de l'entrée principale. Dans cette foule qui se pressait j'ai reconnu Jacob Lederman et marqué un temps d'arrêt qui n'a pas échappé à Dangerville.

— Vous connaissez cet enfoiré ? a-t-il lâché.

— Je l'ai croisé, oui.

— Un conseil, tenez-le à distance. Il roule pour les cocos et c'est la raison pour laquelle il veut nous flinguer. En parlant des Ruskoff vous connaissez la dernière ? Ils exploitaient un puits avec des Ricains du côté d'Isachsen, mais quand leur gouvernement a envahi la Crimée, Washington a poussé la compagnie U.S. à dénoncer l'accord, et ils sont devenus dingues, là-haut... Chacun rejetant sur l'autre la responsabilité de sécuriser l'endroit, pour finir ils se sont foutus sur la gueule, et vous n'allez pas le croire, mais ils ont laissé le robinet ouvert. Le pire, c'est qu'ils vont s'en tirer...

— Ça, je n'y crois pas.

— Ne soyez pas naïf, Ottawa a besoin de cash pour les prochaines échéances électorales. Les Canadiens vont les faire raquer, et en échange ils vont étouffer l'affaire.

C'était étonnant de voir comme il pouvait se montrer vulgaire et l'instant d'après redevenir un membre de l'establishment. En tout cas il avait réglé sans le savoir mon dilemme vis-à-vis de la station, je n'aurais pas de remords d'avoir occulté cet incident majeur, et pour ce qui était de Jacob Lederman et du gouvernement canadien, n'était-ce pas ce que j'avais toujours refusé de voir ? Au-delà des professions de foi, les doubles discours, la *realpolitik* et pour finir l'intérêt des plus forts au détriment du bien-être général. J'avais simplement détourné le regard, pendant toutes ces années, au nom de mon statut d'ingénieur, mais désormais, ce tour de passe-passe n'était plus envisageable.

Il me semblait que nous roulions à une vitesse excessive mais le chauffeur avait l'air de savoir ce qu'il faisait. Nous avons longé le bras de mer et par endroits, au-delà de l'archipel, on pouvait apercevoir des fragments de la banquise. Au-delà d'une étendue de steppe pétrifiée les maisons sur cale de Resolute sont apparues, mais nous les avons contournées pour nous rendre directement à l'aéroport.

Le Learjet de la compagnie attendait sur le tarmac et les turbines tournaient déjà. Tout était huilé, planifié, pour que nous passions le moins de temps possible sur les lieux du crime. Une fois à l'intérieur de l'appareil le garde du corps m'a guidé jusqu'à une sorte de salon tandis que Dangerville passait ses coups de fil. Puis l'avion a manœuvré pour rejoindre la piste d'envol et le conseiller « spécial » du président s'est assis en face de moi. Il avait l'air soucieux tout à coup.

— C'était à prévoir mais c'est confirmé, a-t-il lâché, le quota d'implantation des sites sur l'ensemble de l'Arctique va être revu à la baisse, évidemment c'est juste du bluff, histoire de calmer les foules, mais en attendant le cours va chuter et ces enfoirés d'actionnaires vont paniquer.

Le jet a délivré toute sa puissance et nous nous sommes retrouvés dans les airs. L'isolation est si étudiée dans ce type d'appareil qu'on éprouvait une sensation d'irréalité. Je me suis rapproché du hublot, on ne voyait déjà plus qu'une poignée de maisons face à la mer libre.

— Ça doit vous faire drôle, non ?

C'était à moi que Dangerville s'adressait, j'ai mis un temps à le réaliser. Il m'observait et j'ai senti que cette fois, c'était plus personnel. Il avait la situation sur le terrain sous contrôle, l'exfiltration de son employé s'était déroulée sans accroc, il se donnait le temps de l'évaluer.

— Un peu, oui, ai-je répondu.

— Il va vous falloir prendre du recul, vous aurez besoin d'appuis solides, vous n'êtes pas marié je crois ?

— Non.

— Tout pour le travail, hein ?…

Il a soupiré.

— J'ai discuté avec les policiers, a-t-il repris, vous avez très bien fait de ne pas vous hasarder à des hypothèses, au sujet de l'accident. Il faut être prudent vis-à-vis de la procédure !

— Ce n'est pas seulement de la prudence, ai-je rectifié, je n'ai réellement rien compris.

— Mais vous avez quand même un sentiment ?

Il me testait bien sûr et je me suis efforcé de ne pas tomber dans le piège.

— Je dirais… qu'il faut réfléchir à l'agencement de ces bâtiments.

— Mais encore ?…

— Ils sont merveilleusement pensés, en termes de mobilité, de compacité…

— Mais ?…

— Ce réservoir de carburant au centre de la structure…

— C'est lié à la répartition des masses.

— Je sais.

— Vous pensez qu'il y a un danger.

— Oui.

— Vous l'affirmeriez devant une commission d'enquête ?

— Je ne crois pas.

— Pour quelle raison ?

— Vous me demandez mon sentiment, je vous le donne, mais ce n'est que l'opinion d'un amateur vis-à-vis des hommes qui ont conçu ces engins. Je n'aimerais pas qu'on vienne me parler géologie sans en avoir l'expertise.

Il a esquissé un sourire.

— Nous sommes d'accord.

Il s'est rapproché de moi en adoptant un ton plus intime.

— Durban ne tarit pas d'éloges à votre propos, selon lui vous êtes une personne en qui on peut avoir une absolue confiance. Dans ce moment, c'est capital.

Il ne me quittait plus des yeux, il voulait être bien certain que je comprenais ce dont il parlait sans le nommer, il laissait ce soin au grand manitou.

Tout ce qui s'était dit jusqu'à présent ne faisait qu'amener à ce « moment » à venir où j'allais devoir justifier cette fameuse confiance qu'on me portait.

— Mais je vous embête avec mes questions, il est grand temps que je veille un peu plus à votre repos !

Il m'a guidé jusqu'aux cabines situées dans la partie arrière de l'avion.

— Si vous avez besoin de quoi que ce soit, n'hésitez pas.

Il a refermé la porte avec le doigté d'un hôte attentif, il était parfait dans son rôle. Je me suis allongé sur le lit, soulagé d'être enfin seul.

Depuis que les garde-côtes m'avaient repêché j'avais l'impression de ne plus m'appartenir et je savais que ce n'était qu'un début. Au bout de ce vol aussi luxueux que calculé, Durban-Ligure m'attendait, ses manières affables et ses saillies soudaines, sa puissance de feu, et la question qui justifiait tout le reste aux yeux de la compagnie, sa vraie préoccupation : le gisement de Meighen, au-delà de l'accident, des morts, de l'instruction, du tintamarre médiatique et des controverses inévitables, était-il viable ou non ? Cette question, j'allais devoir y répondre.

4

Le reste du vol a été calme mais je n'en dirais pas autant de mon état d'esprit. J'étais conscient que ce luxe et toutes ces attentions devaient me donner l'illusion d'une liberté trompeuse, évidemment conditionnelle. Nous avons atterri à Villacoublay en fin de matinée pour prendre un hélicoptère qui nous a convoyés directement sur le toit de Radom. Survoler les nœuds autoroutiers à l'approche de la capitale et revoir les tours de La Défense n'a fait que renforcer le sentiment de décalage que j'éprouvais. Une partie de moi était restée sur la banquise.

Les appartements privés de Durban-Ligure se situaient juste en dessous de la plateforme d'atterrissage et nous avons suivi le majordome jusqu'à la salle à manger où le grand patron nous attendait. Il est venu à notre rencontre et m'a chaleureusement serré la main, puis Dangerville a pris congé et nous sommes restés en tête à tête.

— J'ai pensé qu'un peu d'intimité vous irait, a dit Durban, plutôt qu'un restaurant, j'imagine que le bruit, la grande ville, ce doit être assez terrible…

— Je vous le confirme.

Le maître d'hôtel s'est approché pour demander si nous voulions être servis.

— Est-ce que cela vous convient, m'a demandé Durban, ou préférez-vous attendre un peu ?

— Non, c'est très bien.

Il s'efforçait de rendre ce moment le plus agréable possible même si je percevais chez lui, malgré toute sa maîtrise, une certaine tension. Il est resté comme en suspens tandis que le personnel nous servait puis il s'est lancé.

— Voyez-vous, Virgil, je ne voudrais pas que cette rencontre… comment le dire… obéisse à une convention. Je mesure ce que vous avez enduré, et la compagnie vous accapare encore. Bien sûr, nous avons des choses à nous dire qui sont très sérieuses mais je voudrais avant tout que vous vous sentiez accueilli. J'aime à croire, quitte à me bercer d'illusions, que Radom puisse être encore, malgré tout ce que nous savons du monde industriel et de ses exigences… une famille. J'aimerais que dans ces circonstances exceptionnelles, ce soit le cas.

Il semblait sincèrement ému et il s'est repris.

— Me voilà bien solennel alors que c'est précisément ce que je voudrais éviter ! Goûtez-moi ce vin… vous aimez le bon vin j'espère ?

— Je ne suis pas connaisseur.

— Oh, croyez-moi, on s'y fait très vite !

Il s'est détendu tout d'un coup, comme si le plus dur était fait, rompre la distance entre nous.

— Ah Virgil, Virgil... Je veux vous dire ce que j'ai ressenti en apprenant la grande nouvelle. J'étais en réunion avec le département juridique pour une affaire très compliquée... et puis soudain... dans ce genre de moment vous savez, on réalise toute l'inanité de certaines choses...

Il a posé sa fourchette, essuyé légèrement sa bouche et c'était comme s'il se surprenait lui-même d'un besoin soudain de confidence.

— J'ai deux grandes filles, vous savez... magnifiques, et tellement brillantes... je suis si fier d'elles. Elles me comblent et je détesterais qu'on en doute. Mais voyez-vous... un fils... ah ça... un fils...

Ses yeux se sont perdus dans le vague, emporté qu'il était par ses émotions, puis il est revenu à moi.

— Vous êtes notre héros, Virgil. Vous êtes mon héros.

Il a posé la main sur mon bras. Il était parvenu au point ultime de ce qu'il voulait montrer de lui-même, au-delà du capitaine d'industrie, il était, et je devais le comprendre, un père.

— Mais je vous fais manger froid, cessez de m'écouter, s'il vous plaît ! Je suis là, à radoter...

Un père et pas n'importe lequel. Un père un peu las de s'être tant battu qui cherchait un soutien, un bras sur lequel s'appuyer pour continuer le chemin : du grand art. Ensuite le repas s'est déroulé, ponctué de réflexions plus anodines, une transition s'imposait après tant d'émotions, puis nous sommes passés au salon et j'ai aussitôt ressenti que Durban allait entrer dans le vif du sujet. Ce n'était plus le même regard ni la même posture, il était de nouveau le patron et ce changement de décor le soulignait. Dans ces canapés qui dominaient la ville il était maintenant question de pouvoir. Il m'a désigné un dossier qui se trouvait sur la table basse.

— Ne le faites pas maintenant mais j'aimerais que vous vous intéressiez à ce rapport, a-t-il dit. Ne vous méprenez pas, j'ai conscience du repos qu'il vous faut prendre mais je sais aussi, à ce que je connais de votre caractère, que vous éprouverez très vite le besoin de revenir dans la partie…

J'ai feuilleté rapidement le document, c'était une étude analytique comme les grandes sociétés en commandent régulièrement à des organismes indépendants.

— Les conclusions des auteurs de ce rapport me semblent intéressantes à plus d'un titre, a commenté Durban, car elles soulignent nos faiblesses. Certes nous avons réévalué l'importance de l'expertise humaine, vous en savez quelque chose… mais tout cela est encore trop inégal. Il faudrait... une coordination, une vision... Évidemment la personne qui serait en charge de cette responsabilité devrait posséder une grande expérience du terrain mais également une capacité de décision supérieure. Je vous le dis sans détours, Virgil, dans mon esprit cette personne, c'est vous.

Le domestique est arrivé à point nommé pour servir le café et ce précieux temps mort m'a permis de préparer ma réponse. Je l'ai remercié de penser à moi pour une responsabilité de cette importance mais dans la situation présente je me sentais bien incapable de me projeter dans le futur. J'avais besoin de réfléchir, j'espérais qu'il le comprenait, ce qu'il a aussitôt confirmé en m'encourageant à prendre tout mon temps. Il avait d'abord convoqué la famille, le fils, et maintenant il était question de récompense. Il ne restait plus qu'à porter l'estocade et j'étais curieux de voir comment il allait s'y prendre.

— Souhaiteriez-vous un digestif ? J'ai d'excellents alcools...

— Non merci.

— Au fait, je ne sais pas si Dangerville vous l'a dit, mais nous vous avons réservé un hôtel, le temps que les choses se tassent un peu. C'est plus prudent croyez-moi, je sais que vous vous intéressez fort peu à ce genre de choses mais les médias ne vont pas vous lâcher, votre histoire est une bénédiction pour eux et vous pouvez parier qu'ils font déjà le siège de votre domicile.

— Je l'imagine assez bien.

— Cependant je ne voudrais pas vous laisser partir avant d'avoir abordé un aspect de votre aventure, je dirais, au-delà du drame... Vous avez forcément noté que je ne l'ai pas évoqué, afin que vous soyez seul juge du moment où vous souhaiterez en parler... en revanche il est une question sur laquelle j'aimerais votre précieux éclairage, Virgil.

C'était maintenant.

— Cette question engage rien moins que l'avenir de l'entreprise à court et à moyen terme et la réponse que j'attends de vous peut nous faire gagner un temps inestimable... Dois-je la formuler ? Vous la connaissez aussi bien que moi je pense.

— Elle concerne le gisement de Meighen.

— Exact. Vous comprenez que je vous la pose sans attendre ?

— Bien sûr.

— Ce n'est pas de l'irrespect pour vos camarades disparus, Virgil, ni mésestimer ce que vous avez enduré, d'une certaine manière, la poser est aussi un hommage à cette somme de sacrifices...

Ça, c'était vraiment bien joué, tellement même, que si une part de moi-même hésitait encore à lui mentir, mes derniers scrupules se sont envolés à cet instant. Il était définitivement trop habile.

— L'enjeu est si grand... a-t-il lâché.

— Je sais.

— Vous devez me trouver horriblement pragmatique...

— Non. Je comprends très bien. Et je me dois de vous répondre.

Il était suspendu à mes lèvres et c'était le moment de vérité, je devais utiliser peu de mots, être direct et convaincant.

— Le gisement de Meighen n'est pas viable, ai-je dit, avec tout le respect que j'ai pour le travail de l'ingénieur Chassain et de ses camarades.

— Pourtant ses premiers relevés...

— Je sais. Mais dans son enthousiasme, il a négligé de considérer le couvercle, sa potentielle porosité. Son « trésor », pour employer une image un peu cruelle, se serait dispersé dès que nous aurions entrepris l'extraction.

— Comment... comment a-t-il pu ne pas en tenir compte ?...

— C'est assez fréquent, vous savez. Être immergé de long mois sur le terrain, inévitablement, affecte le jugement. Même des meilleurs.

— Vous êtes formel.

— Absolument.

— Quel dommage...

— Oui. Et j'en suis désolé.

Il était venu tout près de moi pour écouter mon verdict mais sitôt qu'il a été formulé, il a repris sa position initiale.

— Vous n'avez pas à l'être, Virgil... Comme je vous l'ai dit, votre expertise nous fait gagner un temps précieux...

Il avait la volonté de faire bonne figure mais je voyais bien qu'il accusait le coup. Son visage était soudain plus vieux, son attitude même. Aussi redoutable qu'il pouvait être, ce n'était qu'un homme et il me semblait que je le voyais en entier à cet instant. Prêt à empoisonner le dernier Inuit pour obtenir son précieux or noir et probablement aussi en quête d'une hypothétique transmission, d'un fils rêvé, sauf que ce ne serait pas moi. Il m'a raccompagné jusqu'à l'ascenseur qui se trouvait au centre de l'appartement et il était évident qu'il ne voulait plus qu'une chose, rester seul, faire le deuil de son fol espoir, de ce pied de nez colossal qu'il aurait pu faire aux actionnaires. Il entrevoyait déjà ces assemblées houleuses, ces réunions le doigt sur les comptes, ces coups de poignards dans le dos qu'il ne pourrait pas éviter finalement. Juste avant que les portes se referment, il s'est rendu compte qu'il m'avait à peine dit au revoir mais il était trop tard. Notre lien familial venait de se distendre considérablement.

5

À partir de maintenant je devais utiliser chaque minute pour organiser mon évasion, car il s'agissait bien de cela. La seule chose dont j'étais certain c'était qu'il fallait éviter le rez-de-chaussée et cette voiture qui m'attendait, leur attirail pour me garder sous contrôle, mais à part ça de quelle alternative disposais-je ? Je n'en avais aucune idée.

Je suis sorti à l'étage de la direction sans avoir prémédité mon geste, probablement parce que j'y avais des repères, et je me suis retrouvé sur le palier, face à Irène Auguin. Elle portait un volumineux dossier, comme d'habitude, je dirais, qui lui est presque tombé des mains quand elle m'a vu, j'ai même cru qu'elle allait m'embrasser. Et puis elle a compris que quelque chose ne tournait pas rond.

— Je peux faire quelque chose pour vous, Virgil ? a-t-elle demandé, vaguement inquiète.

Elle voulait sincèrement m'aider mais je ne voyais pas en quoi, et puis soudain je me suis souvenu.

— Je crois que oui, ai-je dit.

Je me suis retrouvé dans un étroit ascenseur dont l'existence n'était connue que de quelques privilégiés. Il avait été mis en service dans les années 2000 après qu'une série de séquestrations de grands patrons avaient ému l'opinion et davantage encore le MEDEF dont une note confidentielle avait demandé expressément auxdits responsables de se prémunir de telles situations. D'où l'ascenseur secret. Et il se trouvait qu'un des ouvriers l'ayant installé chez Radom était un cousin de Desmarets, le monde était petit. Il restait cependant à en connaître l'accès et à disposer du code qui le mettait en service, ce que la très austère madame Auguin (finalement pas tant que ça) m'avait offert en cadeau d'adieu. J'ai atterri à un niveau quasi désert où n'étaient rangées que deux berlines aux vitres teintées dont les clefs devaient se trouver dans le bureau directorial, Durban prévoyait vraiment tout, sauf qu'on puisse lui dire non. Je suis parti à pied à travers ce dédale de béton que constituait le secteur de La Défense, j'ai eu le plus grand mal à m'en extraire, mais une fois à la porte Maillot j'ai pu me relâcher et j'ai décidé de continuer jusqu'à la Seine. À chaque pas je me sentais plus libre et j'avais pris goût à la marche sur de longues distances, j'en ressentais tout le bienfait.

À la hauteur du Châtelet des travaux modifiaient les voies, il s'ensuivait une pagaille monstre. Des automobilistes en étaient venus aux mains tandis que d'autres, cloîtrés dans leurs voitures, écrasaient leurs avertisseurs pour protester. J'ai rejoint le quai par un petit escalier pour échapper à l'hystérie ambiante et je me suis assis sur un muret face au fleuve. Finalement je ne m'étais jamais senti chez moi à Paris. Les circonstances m'avaient amené à m'y établir et j'étais si souvent parti que je ne m'en étais pas rendu compte, mais maintenant ça me semblait criant. Je n'étais pas fait pour vivre au milieu d'un si grand nombre de personnes et surtout dans cet univers de hauts murs, il ne s'agissait pas d'une position intellectuelle, mais davantage d'une impossibilité physique, l'horizon me manquait.

Je me suis remis en mouvement pour atteindre le quartier de la grande bibliothèque où se trouvait mon appartement. La nuit était en train de tomber et j'ai profité de cette obscurité naissante pour approcher de l'immeuble sans trop m'exposer. Bien m'en a pris. La camionnette d'une chaîne d'information en continu était stationnée près de l'entrée et des scooters campaient sur le trottoir tandis que de nombreuses personnes facilement identifiables comme journalistes discutaient ou bien téléphonaient. J'ai contourné le bâtiment par l'arrière et attendu que la porte du parking soit ouverte par un habitant de l'immeuble, puis j'ai récupéré mes clefs chez le concierge qui m'a regardé comme si je débarquais de Mars. Il n'était pas loin du compte.

Je n'avais pas l'intention de m'attarder et surtout je voulais éviter de signaler ma présence. Je me suis glissé dans le salon sans allumer de lumière afin de récupérer une carte de crédit, quelques papiers essentiels et les clefs de ma voiture, puis j'ai mis la main sur un ancien téléphone, dans ces circonstances ça pouvait se révéler utile. Je me suis engouffré dans l'escalier de secours, l'esprit accaparé par le but que je m'étais fixé, quand je me suis retrouvé face à un photographe plus malin que les autres et qui avait trouvé le moyen d'investir les lieux. Le pauvre garçon s'est retrouvé pris au dépourvu autant que moi, et j'en ai profité pour lui arracher son appareil et le coller au mur.

J'étais tellement déterminé à éliminer tout obstacle qu'il a dû me prendre pour un fou et renoncer à me suivre. Heureusement le parking comportait deux issues et j'ai choisi celle de derrière pour me retrouver dans une avenue déserte. À la porte de Paris j'ai fait de l'essence, acheté un sandwich et de l'eau. C'était tellement bizarre d'utiliser une carte de crédit et de se servir dans les rayons. En passant sous le tunnel de Saint-Cloud, j'ai eu le sentiment de quitter un monde et de l'autre côté la lumière m'a ébloui.

6

La circulation était fluide et je n'ai pas mis plus de deux heures à atteindre Le Mans, la première étape de mon voyage. J'ai contourné le centre-ville pour atteindre un quartier composé principalement de pavillons. Irène Auguin ne m'avait pas seulement sauvé la mise, elle m'avait procuré un renseignement qui me permettait d'honorer une promesse que je m'étais faite.

J'ai vérifié l'adresse et sonné deux fois, puis j'ai attendu. C'était un peu cavalier de procéder de cette manière, j'en convenais, mais je n'avais pas considéré comme une option de téléphoner, c'était bien plus risqué selon moi, que de tomber sur une porte close. J'ai entendu des pas, un verrou qui se libérait, et j'ai vu apparaître l'ex-femme de Chassain. Huit ans après leur séparation, et bien qu'elle se soit remariée, elle restait la personne à prévenir en cas d'accident sur sa fiche signalétique. Elle m'a reconnu tout de suite, sans doute avait-elle vu la tête du « naufragé des glaces » au journal de 20 heures. Je me suis excusé de passer sans prévenir, j'ai voulu m'expliquer et je me suis embrouillé plus qu'autre chose, puis j'ai compris qu'elle ne m'écoutait pas, qu'elle se contentait de me regarder, et soudain elle m'a interrompu.

— Entrez, a-t-elle dit simplement.

Elle m'a proposé un café et tandis que j'attendais dans le jardin j'ai entendu le bruit d'une tasse qui se brisait. Puis elle m'a rejoint, s'est appliquée à me servir et s'est assise à distance. Il émanait d'elle une grande douceur, cet homme sec avait aimé son contraire. Elle n'a pas posé la moindre question sur l'accident, comme si ce n'était pas un sujet puisque de toute façon elle avait toujours été persuadée que les choses se termineraient ainsi.

— Il vous a parlé de moi ? a-t-elle demandé en gardant les yeux baissés.

— Votre fille et vous étiez les deux seules personnes qui existaient pour lui.

— En dehors de son travail.

— Oui.

— Vous êtes marié, monsieur Bauer ?

— Non.

— Mon père était conducteur de travaux sur des grands chantiers… Je ne souhaitais pas revivre la même chose.

— Je voulais juste vous dire qu'il pensait très fort à vous.

D'un geste furtif elle a essuyé vivement sa joue, puis s'est redressée.

— Vous voulez un autre café ?

— Non, merci.

J'ai posé la montre sur la table.

— C'est la sienne ?

— Oui. Elle a besoin d'une révision mais c'est un modèle qui résiste à tout.

À ce moment la porte d'entrée a claqué. Une voix claire s'est élevée dans la maison.

— C'est notre fille. Elle n'a pas cours l'après-midi.

— Je vais y aller, ai-je dit.

— Non. Laissez-moi juste lui parler. Elle sera heureuse de vous rencontrer.

— Comme vous voudrez.

Elle s'est absentée un moment et j'ai vu apparaître une adolescente qui avait les yeux de son père. Elle a tout de suite repéré la montre et l'a passée à son poignet.

— C'est une boussole aussi, ai-je précisé.

Elle a basculé le cadran dont le mécanisme était un peu grippé.

— Je lui en veux, vous savez.

— Je comprends.

— Non, vous ne pouvez pas comprendre.

Elle ne pouvait pas savoir pour mon père, le sentiment d'abandon que j'avais éprouvé, moi aussi, et je n'avais pas l'intention de lui expliquer.

Elle rencontrerait sa propre banquise. On ne pouvait faire ce chemin-là pour les autres.

— En même temps je suis fière.

— Tu peux l'être, c'était quelqu'un de très courageux.

— Vous dites ça pour me faire plaisir ?

— Pas du tout.

— Vous ne feriez pas ça ?

— Non.

Elle observait l'aiguille de la boussole qui cherchait le nord en hésitant. Elle a hoché un peu la tête et ajusté le bracelet. Il n'était pas si grand finalement.

7

J'ai repris la route en milieu d'après-midi. Il y avait beaucoup de camions, des excités du volant également et il fallait rester attentif. Je n'étais plus habitué à rester immobile dans l'espace confiné d'un véhicule et je me suis arrêté sur une aire de repos. J'ai basculé le dos du siège et laissé se relâcher mon esprit dans une semi-conscience où je voyais des automobilistes promener leur chien et téléphoner, des gosses partager un toboggan. Il m'était difficile de trouver ce quotidien tout à fait réel, je n'en étais pas encore là. Je me suis aspergé d'eau froide dans les toilettes puis j'ai marché dans l'allée de gravier pour me dégourdir les jambes.

Après Rennes le trafic est devenu moins dense et j'ai rattrapé la nationale, filé sur Châteaulin. À partir de Crozon il n'y avait plus personne et la départementale qui menait à la pointe était toujours aussi bosselée. Tandis que je me rapprochais de la ferme je sentais la nervosité m'envahir. J'ai tenté de la déjouer en me moquant de moi-même, mais rien n'y faisait, et quand je me suis engagé dans le chemin qui menait au lieu-dit La Pierre Grise, au-delà du dernier village habité, mon cœur s'est mis à cogner dans ma poitrine.

La première maison que j'ai pu voir était celle du voisin, mais elle avait tellement changé que j'ai cru m'être trompé. Des efforts considérables avaient été entrepris pour transformer cette bâtisse assez banale en une villa aux standards actuels et il en résultait un lifting aussi maladroit que tape-à l'œil. J'ai longé le mur sur lequel je faisais de l'équilibre, enfant, au grand dam de Robert Lauriston et surtout de sa femme Adrienne, en prenant soin de rouler au pas. Bien m'en a pris car à la hauteur du portail une voiture électrique a débouché sans crier gare et j'ai pu l'éviter de justesse.

Je me suis rangé un peu plus loin et je suis allé au-devant de la conductrice pour m'assurer que tout allait bien. Elle ne faisait qu'assurer l'entretien, deux fois par mois a-t-elle tenu à préciser comme si j'étais un inspecteur de la CAF, et si elle connaissait de nom Robert Lauriston, il n'habitait plus ici depuis longtemps. Il avait quitté Adrienne pour une « jeunette » et s'était installé sur la Riviera après avoir vendu à des Belges qui ne venaient presque jamais, déçus par le climat.

Il en résultait également que la ferme de mes parents se trouvait à l'abandon.

Je l'ai aidée à redémarrer sa voiturette et j'ai continué sur le chemin qui se resserrait de plus en plus. J'avais la vitre abaissée et plus je m'approchais, plus je reconnaissais les odeurs, ce vent de nord-ouest qui portait les embruns. La ferme était là, je devrais plutôt dire la ruine vu ce qu'il en restait. Je me suis arrêté au niveau du portail qui n'existait plus vraiment et j'ai continué à pied. Cette vision aurait dû me faire souffrir mais au fond je préférais ce désintérêt manifeste à ce qu'il était advenu de la maison des voisins, et surtout, je n'étais pas venu pour les murs, mais pour la terre, et j'étais heureux de constater que la nature y avait repris tous ses droits, effacé du paysage la culture volontariste de mon père jusqu'à donner le sentiment qu'elle n'avait jamais existé. J'ai contourné la grange dont le toit était éventré et poussé mon exploration plus avant. Au milieu du grand champ redevenu un herbage, l'arbre auprès duquel mon père était mort se trouvait sectionné à sa base et j'ai pensé qu'il s'agissait de l'œuvre de Robert. Je me suis assis sur ce tronc noirci par les années et j'ai contemplé le paysage.

Cette partie de la côte était considérée comme la plus rude à cause de la nature du sol et de l'exposition à tous les vents. J'ai cherché vainement une exploitation nouvelle, ou bien une maison de campagne, il s'était quand même passé trente années, mais pas un buisson n'avait été déplacé. L'austérité de cette côte avait dû en rebuter plus d'un et j'en ai ressenti un grand soulagement. Je suis resté là, immobile, à laisser filer les heures, le temps ne comptait plus vraiment puisque j'étais parvenu au terme de mon voyage, et je ne parlais pas de ce bout de route depuis Paris, ni même de mon odyssée arctique, mais d'un périple bien plus considérable, celui que j'avais entamé le jour où ma mère et moi avions fui ce royaume de cailloux.

J'ai éprouvé soudain le besoin de m'allonger à même la terre, de me tenir à l'écoute de sa pulsation souterraine. Chaque muscle de mon corps s'est relâché et j'ai compris à cet instant que mon combat contre le monde s'était achevé. Je n'avais plus de trou à creuser, de territoire à dominer, je n'étais plus en guerre. La nuit est tombée du côté de la pointe et le vent a faibli considérablement. Il faisait presque doux et je me suis endormi.

8

Une voix grave a rompu ce moment de félicité et j'ai cru revoir le bateau des garde-côtes, mais ce n'était que les phares d'une 4L. L'homme qui s'adressait à moi portait des bottes et j'ai compris qu'il s'agissait d'un gendarme. Tandis que son collègue nous rejoignait j'ai tenté d'expliquer mon lien avec cet endroit mais les représentants de l'ordre n'ont rien voulu savoir, j'étais en infraction caractérisée pour m'être introduit dans une propriété privée et les papiers que j'ai présentés n'y changeaient rien. Ils m'ont prié de les suivre et tandis que nous marchions vers leur camionnette le plus jeune me serrait de près comme s'il craignait que je m'enfuie alors que je n'en avais aucunement l'intention. À vrai dire, je trouvais cette situation plutôt cocasse, encore davantage quand j'ai réalisé que ce n'était pas la dame à l'auto électrique qui m'avait dénoncé, mais l'alarme de la maison des Belges qui s'était déréglée.

Le PC de la gendarmerie se situait à l'entrée de Crozon et tandis que nous entrions dans les locaux je me suis dit que trouver un hôtel à cette heure n'allait pas être facile, mais ces messieurs de la police ont résolu la question avant même qu'elle ne se pose. Leur réseau d'information était en panne et il fallait attendre le lendemain pour procéder à un recoupement entre mes papiers d'identité et le fichier national, de ce fait ils devaient me garder. Ils m'ont demandé si je voulais manger quelque chose et se sont excusés de la tournure que les choses avaient prise. Ce n'étaient pas de mauvais bougres, un peu procéduriers peut-être, mais je ne leur en tenais pas rigueur. Tout ce qui m'intéressait c'était reprendre le fil de cette nuit interrompue, et peu importait que ce soit sur une paillasse, mon esprit volait au-delà des murs. J'ai fait un rêve singulier, Anna et moi escaladions une montagne et tout en haut elle me présentait son père réincarné en ours, ce qui n'avait pas l'air de me surprendre, et j'en profitais pour la demander en mariage.

Au matin l'informatique ne fonctionnait toujours pas et j'ai eu droit à un horrible café. Cependant rien ne pouvait altérer ma bonne humeur, au point que cette attitude singulière a commencé d'intriguer le gendarme resté de garde. Je voyais bien qu'il me parlait avec précaution, comme on fait avec les malades. Je me suis demandé s'il n'envisageait pas une expertise psychiatrique, heureusement son supérieur est arrivé. Il m'a fait penser à Little Bear Johnson, le maire de Resolute, mais c'était peut-être simplement parce que son uniforme était trop petit.

— Virgil ! s'est-il exclamé en me voyant, qu'est-ce que tu fous là ?

J'ai eu beau chercher dans ma mémoire je ne voyais pas ce qui justifiait cette familiarité mais c'est alors qu'il a croisé les bras tout en bombant le torse et je me suis rappelé du gardien de but de notre équipe de foot en 6e.

— Germain ?

— Quoi, tu ne te souviens plus de mon prénom ? a-t-il grogné.

— Jacky.

— Ah, c'est déjà mieux.

Maintenant que nous nous étions reconnus il s'est intéressé à ce qui avait motivé cette nuit au poste et il a pouffé de rire avant que son collègue ait achevé d'exposer les faits.

— Ils ont tenté de t'empoisonner avec ce foutu café, j'imagine ?

— C'est vrai qu'il n'est pas terrible, ai-je concédé.

— Allez, on se casse.

Nous nous sommes retrouvés au café-tabac de la place, lui devant un Picon bière et moi face à un solide petit déjeuner.

— Racheter, tu dis ? a-t-il relevé après que j'ai dévoilé mes intentions. Faut que tu voies avec le fils Fontange. C'est lui qui s'occupe des biens de Robert, enfin ce qu'il en reste.

J'ai cru comprendre que sa vie de rêve sur la Riviera avait mal tourné, que Robert se battait avec un cancer et sa maigre retraite, sa nouvelle femme envolée.

— Fontange va t'accueillir comme le messie, depuis le temps qu'il a la ferme sur les bras.

Germain m'a fait jurer de déjeuner avec lui un jour où il ne serait pas de service avant de broyer ma main en guise d'au revoir. Je me suis rendu aussitôt chez l'administrateur de biens qui m'a pris entre deux rendez-vous en prétextant que j'étais du pays, je crois qu'effectivement il n'en pouvait plus d'avoir cette ferme dans son portefeuille. Nous avons appelé Robert Lauriston qui ne semblait pas très en forme et ne se souvenait plus que mes parents avaient un fils, mais c'est ainsi que peu après je suis ressorti de chez Fontange avec un compromis de vente en bonne et due forme.

Épilogue

C'est le moment que je préfère, celui où le jour se dessine à l'horizon. Depuis que j'ai restauré la maison, le plus modestement possible, et que je m'y suis installé il y a maintenant presque une année, j'ai eu le temps de prendre des repères. Par exemple, à une nuance de gris du côté de Kermen je peux savoir à quoi ressemble l'océan, s'il est disposé à m'accepter ou pas. De ma porte à l'amarre du bateau il y a moins de trois cents mètres, mais ce chemin fait partie intégrante de la pêche et j'y mûris ma décision. Parfois il faut savoir se contenter de relever les casiers, mais quand les conditions sont réunies il est possible de pousser jusqu'à la pointe et d'y taquiner le bar de ligne. Question de houle, d'orientation du vent, parfois simplement d'intensité de la lumière. Il m'arrive de voir arriver un grain avant même qu'il n'existe.

C'est peu après mon installation que j'ai su comment je voulais vivre. Je me suis souvenu de l'histoire des premiers habitants de Resolute venus de l'intérieur du Canada et qui avaient dû se muer en chasseurs de bélugas pour survivre. J'ai pensé que je devais être capable d'en faire autant, m'adapter en laissant derrière moi l'ingénieur, le conquérant jamais rassasié, inquiet de planter son drapeau aux quatre coins de la planète, pour redevenir un simple pêcheur. C'était une décision qui n'allait pas de soi. S'affranchir de sa culture est le plus difficile et je n'en veux pas à mon père, du moins plus maintenant, de ne jamais y être parvenu. Son propre père et le père de son père étaient de fiers agriculteurs et pour lui l'océan ne signifiait rien. Ça ne veut pas dire que je méprise mon champ de cailloux. Récemment j'ai acheté celui d'à côté et rasé la maison des Belges, elle encombrait la perspective, et je me suis entendu avec mon voisin le plus proche, quand même à cinq kilomètres, pour qu'il puisse y faire paître ses moutons, en échange d'un agneau à Noël.

Ce n'est pas une chose que j'avais anticipée en quittant la compagnie, mais entre les primes de risque accumulées et les années de missions lointaines sans prendre le moindre congé je me suis retrouvé à la tête d'un véritable pactole qui m'a permis d'acheter le bien le plus précieux, ma liberté. Et ça m'est bien égal que la compagnie m'ait privé d'une rente à vie, suite à l'accident de Meighen. Je n'ai pas besoin de leur rente, je n'ai pas envie d'avoir un quelconque rapport avec eux. Peu après que je me suis évanoui dans la nature, Radom est revenu sur les lieux de l'accident, officiellement pour assainir la zone mais en réalité pour effectuer des prélèvements complémentaires. Mon comportement avait fini par intriguer Durban, comment pouvait-on refuser une telle promotion ? Il voulait en avoir le cœur net et quand il a compris que je l'avais trompé, il est entré dans une rage folle. C'est ce que d'anciens collègues ralliés à ma cause m'ont appris. Mais il était déjà trop tard, j'avais gagné suffisamment de temps pour qu'Ottawa, empêtré dans le scandale de la station transforme la région en sanctuaire dont toute activité industrielle était bannie. Pour moi c'est tout ce qui compte.

Un moment, j'ai craint pour ma tranquillité, d'abord quand Durban a voulu m'attaquer en justice, comme s'il en faisait une affaire personnelle, probablement à cause de cette histoire de fils, mais ses avocats l'ont convaincu de renoncer, craignant que lors d'un procès les engins d'explorations soient mis en cause. Et puis quand j'ai dû repousser les avances de deux éditeurs et d'un producteur de cinéma venu de Los Angeles. Enfin on m'a oublié et c'est très bien ainsi. Je ne suis pas un héros, juste un homme qui s'était égaré et qui a eu la chance de se retrouver. C'est ce que je souhaite à chacun. Et le plus important, j'ai appris à accepter les choses, *Uninngavoq*, à rester immobile. Inutile de le nier, ce que j'ai vécu n'a fait que renforcer mon goût pour la solitude. C'est le moyen que j'ai trouvé d'être au milieu des choses, mais je ne dédaigne pas rencontrer d'autres êtres humains. Je me suis lié d'amitié avec le patron d'un sardinier de Concarneau et son grand fils m'appelle tonton. Il compte s'installer ici pour les vacances et je n'ai pas dit non. Outre qu'il est un excellent plongeur, un chasseur d'araignée hors pair, il se destine à la peinture et le paysage marin l'inspire. D'après lui la lumière de la pointe est particulière et je suis bien d'accord. Il m'arrive aussi de boire un verre dans un bar de Loubiac découvert grâce à ce cher Jacky. Et parfois même je joue aux cartes, même si je reste un piètre partenaire, et je me suis fait quelques bons camarades. Ils m'appellent « l'autre sauvage » et me taquinent volontiers. D'après l'un d'eux, le médecin du village, Hélène Langeais, a un faible pour moi. C'est une belle femme et j'en suis flatté, mais pour le moment je ne suis pas libre. Je n'ai parlé d'Anna à personne et n'en éprouve pas le besoin. Peut-être aussi n'ai-je pas envie de m'entendre dire qu'il y avait dans tout cela une part d'exotisme. Je serais capable de brandir un couteau et de sommer mon interlocuteur de sortir de chez moi s'il émettait une telle hypothèse. Anna Chenia Olgavik et moi étions destinés à nous comprendre, ce n'était qu'une question de temps, d'opportunité cosmique. Nous cherchions tous deux un chemin entre deux mondes violents, une forme de sérénité dans ce chaos.

Arrivé au bateau j'ai vérifié que tout était en ordre et manœuvré pour sortir de l'enclave. Il y avait un peu de clapot mais rien de méchant, juste ce qu'il fallait pour brasser le poisson et me maintenir en éveil. J'ai longé les rochers jusqu'à la pointe et je l'ai dépassée d'un bon mille pour tenir à distance les récifs puis je me suis placé face au vent et j'ai jeté ma ligne. En l'espace de deux heures, j'ai ramené quatre bars d'au moins trois livres, des mulets et des aiguillettes en pagaille que j'ai rejetés à l'océan. Le poisson est si beau par ici que je suis devenu difficile, et j'ai l'intention d'accompagner le bar d'une purée d'artichauts nains, issus de mon modeste potager.

C'est sur le chemin du retour que j'ai vu la sterne. Elle se tenait sur un rocher et passait d'une patte sur l'autre, puis soudain elle a crié et j'ai pensé à ce qu'Anna m'avait dit, ce jour où l'oiseau nous avait rejoints, tandis que nous façonnions les peaux.

« Parfois c'est juste qu'elles s'attachent aux hommes… ».

Le vent forcissait légèrement et j'en ai déduit qu'il fallait rentrer. Je me suis rapproché de la côte et tandis que je la longeais, l'oiseau s'est mis à voleter de rocher en rocher, comme s'il m'accompagnait, et soudain d'un coup d'ailes, il est venu se poser à l'avant du bateau. Mon cœur s'est mis à battre un peu plus fort et je me suis efforcé de raisonner. Des migrateurs qui passaient par ici, sur le chemin du sud, il y en avait des centaines, cependant, je ne pouvais m'empêcher de détailler l'oiseau et tout correspondait, les pattes, le bec, et jusqu'à cette minuscule tache noire en dessous de l'œil. J'ai accéléré légèrement et commencé de ranger mon matériel, puis j'ai repris la barre et nous avons navigué de cette manière paisible, la sterne et moi, jusqu'à l'entrée de l'enclave. Elle est restée presque jusqu'au quai et d'un coup s'est envolée. Je l'ai entendue crier une dernière fois, là-haut en altitude, avant que le vent ne l'emporte.

En remontant vers la ferme j'ai pensé qu'elle allait s'accorder d'autres haltes, avant de rejoindre son jardin d'hiver dans le grand sud, et que si tout allait bien je la reverrais au printemps. Peut-être même me fera-t-elle l'honneur de régner sur mon toit, avant de repartir au nord et de donner de mes nouvelles à une certaine personne. Les nuits où je n'ai pas envie de dormir, j'emprunte le chemin des douaniers dans sa partie la plus escarpée, mais en réalité je marche sur la banquise et je tiens la main d'Anna. Il paraît que les anciens Inuits avaient le pouvoir de dessiner leurs côtes sur des dizaines de kilomètres, au caillou près, sans jamais les avoir survolées, et quand on leur demandait quel était leur secret, ils se frappaient la poitrine. Leur monde était en eux, sa géographie émotionnelle en quelque sorte, et c'est ce que je ressens. Il suffit que je ferme les yeux pour entendre le chant de la glace, cette déchirure qui nous est commune, naufragés que nous sommes, en quête d'un improbable abri.

Imprimé en France par CPI
en février 2021

NORD COMPO
multimédia

Composition et mise en pages
Nord Compo à Villeneuve-d'Ascq

Dépôt légal : mars 2021
N° d'édition : L.01ELJN000985.N001
N° d'impression : 162526